Hartmut Zingel

Spiel mir das Lied vom Überleben

Wer zur Quelle will
muss gegen den Strom schwimmen

Hermann Hesse

Verlag: BoD • Books on Demand GmbH, In de Tarpen 42,
22848 Norderstedt
Druck: Libri Plureos GmbH, Friedensallee 273, 22763 Hamburg

COPYRIGHT © 2024 Hartmut Zingel
Umschlaggestaltung:www.mayr-media.de
Printed in Germany
ISBN: 978-3-0008-0412-0

Vorwort

Ein neues Überleben

Nach einem langen, glücklichen und produktiven Leben, gesund zu sterben, ist durchaus der Wunsch des Menschen.

Doch diesem Wunsch möchte ich einen weiteren hinzufügen, nämlich den, seinen eigenen Tod zu überleben.

Das Leben lässt sich nicht durch die Sterblichkeit von Körpern daran hindern, zu überleben.

Dass der Geist des Menschen seinen körperlichen Tod überlebt ist kein neuer Gedanke. Ohne hier religiöse Endziele und Zufluchtsorte in Frage zu stellen, wird das Wesen doch in jedem Fall eine Trennung von seinem Körper durchleben.

Dass er sich dann, allerdings unbewusst, wiederum in einem neuen Körper mit dem Leben beschäftigt, ist für viele Menschen in großen Teilen der Welt eine Tatsache und fügt sich in ihren Glauben an einen Gott oder Götter ein.

Wenn es denn mit dem Überleben immer bewusstlos so weitergeht, wie kann ein Mensch diesem unbewussten Fortleben entkommen, es überwinden und bewusster und ursächlicher einen nächsten Lebensanlauf gestalten? (Wenn er denn diesen, mit einem Körper ausgestattet, aus Verantwortung, Berechnung oder einfach aus Lust, überhaupt will.)

Warum wäre das wünschenswert?

Man könnte seinen neuen Körper schneller trainieren.
Man würde sich an früher Gelerntes erinnern und es nun zügiger anwenden können.

Man könnte frühere Ängste nicht weiterhin mit sich herumtragen und aufhören, Wirkung zu ihnen zu sein.

Man könnte alte, unerwünschte Zielsetzungen nicht weiterverfolgen und alte, erstrebenswerte Zielsetzungen mit neuem Leben erfüllen.

Man könnte Königen und Bettlern, Republikanern und Demokraten, Rechten und Linken, kurz, Frauen Männern und Kindern im Allgemeinen mit mehr Lockerheit, Nachsicht, Respekt und Verständnis begegnen, denn es ist nicht allzu unwahrscheinlich, dass man irgendwann selbst einmal in deren Schuhen gewandert ist.

Ohne das große Vergessen, das der Tod scheinbar mit sich bringen muss, wäre das Leben therapeutisch.

Man könnte ein wirklich neues Leben führen, anstatt alten, eingestanzten Mustern immer wieder folgen zu müssen.

Und bestens:
Man könnte sich bewusstwerden, wer man wirklich ist.

Handbuch des Überlebens
für Anfänger und Fortgeschrittene

Dieses Lied vom Überleben hat zwei Strophen. Die erste Strophe umfasst das automatische Überleben, wie wir es immer und immer wieder unwissentlich erlebt haben und erleben werden, wenn wir nicht bereit sind, etwas zu ändern. Diese erste Strophe beschreibt die Wahrnehmung dieses Zustands und mündet in die dazugehörigen Fragestellung:

`Sie haben ihren Körper verloren? Was tun Sie jetzt?´

Hilfreich für die Beantwortung ist es, wenn Sie sich im Laufe Ihres Lebens die grundlegendste aller Fragen ausreichend und befriedigend beantwortet haben:

`Wer bin ich wirklich? ´

Hier geht es um Wahrheit, und das ist keine Volksabstimmung. Da müssen Sie sich schon ganz persönlich selbst befragen und eine unabhängige Antwort finden.

Zur Beantwortung braucht der eine Sekunden, und der andere ein ganzes Leben, mehrere Leben oder länger. Durch die Anforderungen eines Lebens kommen die meisten Menschen nie zur Beantwortung dieser Frage oder lassen sich zu sinnfreien Antworten verführen, die nicht ihnen selbst sondern ihren Sklavenhaltern nützen, deren oberstes Gesetz die Bodenhaltung ist, so wie bei der Massenhaltung von Federvieh. Nur flugunfähige Eierproduzenten sind gute Hühner.

Wenn Ihnen überhaupt etwas daran liegt, Ihr Überleben zu verbessern, wenn das ein Thema für Sie sein könnte, dann können Sie den ersten Schritt machen, die Automatik des Überlebens zu brechen, wenn Sie zum Beispiel den in der ersten

Strophe dieses Lieds vom Überleben beschriebenen Weg wählen.

Die zweite Strophe dieses Lieds vom Überleben ist als Lockerungsübung für Ihre Phantasie, Ihre Imagination gedacht. Sie beschreibt die Fähigkeiten eines Freigeistes, also eines Geistes, der sich frei vom Zwang und Drang, einen einzelnen Körper zu führen, bewegt.

Nach der Pflicht des Überlebens nun also die Kür.

Die beiden Beispiele der zweiten Strophe des Überlebens wurden mir, anders als die erste Strophe, aus einer anderen, höchst zuverlässiger Datenquelle zur Verfügung gestellt - meiner eigenen Kreativabteilung.

In lockerer Verbindung zur Realität, also der Wahrheit, die durch Übereinstimmung allgemein als die alleinseligmachende Richtschnur angesehen wird, wurde diese zweite Strophe komponiert.

Um etwaigen rechtlichen Schwierigkeiten aus dem Weg zu gehen, habe ich die Namen der Protagonisten frei gewählt. Alle Ähnlichkeiten mit Lebenden oder Toten sind gewollt.

Strophe 1

Von der Automatik des Überlebens
zum
selbstbestimmteren Überleben

Julia von Cera

Ein Name, herausgenommen aus dem unermüdlichen Fluss der Zeiten von Wesen und ihren Identitäten - und hiermit fixiert: Julia von Cera. Ob jetzt der Namenszusatz das Geschlecht der Familie, die Örtlichkeit oder die Herkunft von einem Land oder gar einem Stern mit diesem Namen bestimmt, bleibt ungeklärt.

Julia ist die älteste Tochter des Großbauern Carlo. Das älteste Kind übernimmt den Hof. Es ist ein gutes Gesetz, denn hatte es die Gemeinschaft nicht seit Anbeginn zusammengehalten und so Überleben gesichert? Der Vater gehorcht diesem Gesetz.

Julia hat seit frühester Jugend einen Traum. Sie will ein Space Cowboy werden. Mit den sechshunderttausend schwarzweißen Kühen auf den Wiesen ihres Vaters verbindet sie nichts. Pilotin der großen Distanzen so wie Josi! Die ist die jüngste Langstreckenpilotin und hat schon ferne Welten gesehen. Die will Julia auch sehen. Aber der Vater hat seine Julia bereits verplant. Er folgt dem, was sein gutes Recht ist, denn der Hof muss erhalten bleiben. Pietro, sein geliebter, aber nur zweitgeborener Sohn, wäre bestimmt die bessere Wahl, aber das Gesetz muss befolgt werden. Seine Frau Carla weint vergeblich.

Julias Versteck muss schließlich alle seine Schätze preisgeben. Mit der Verbrennung der sorgfältig gesammelten Hefte über Raumfahrt, Raketen, ferne Galaxien und aufregend neue Antriebstechniken, um den weiten Raum zwischen den Welten zu überwinden, setzt der Vater ihrem Traum ein nachhaltiges Ende.

Auf dem langen Flug zur Agrarakademie ist Julia verzweifelt. Als der väterliche Hof und dessen ausgedehnte Ländereien unter ihr in morgendlichen Nebeln verschwimmen, ergreifen sie rebellische Gedanken. Eine Lösung, ein Ausweg bestimmt plötzlich ihre Gedanken: Rache an ihrem Vater, der sie nicht vor dem Gesetz geschützt hat. Sie wird Priesterin werden. Vielleicht nicht sofort, aber später schon. Das ist es, was ihn am härtesten treffen wird.

Julias Aufsässigkeit gerät durch die Anforderungen des Studiums in den Hintergrund. Jedes Praktikum ist ihr als Abwechslung zum Hörsaal willkommen. Am liebsten lenkt sie die riesigen Ernte-Zugmaschinen und blickt von hier oben hinunter auf die winzigen Leute am Boden.

Schließlich ist der Abschluss geschafft. Das Diplom zur Berechtigung einen K5 Hof zu führen ist noch druckfeucht in ihrer Tasche. Der lange Flug zurück zum väterlichen Hof erscheint Julia viel zu kurz. Ihr Vater ist alt geworden. Er begrüßt sie stolz, aber sie vermisst ihre Mutter. Sie war während ihrer langen Abwesenheit gestorben.

Als letzte Amtshandlung verheiratet Carlo seine Julia mit Gianni. Er ist der Sohn des Großbauern Greco. Die Heirat ist strategisch richtig. Gianni ist ihr nicht im Weg. Er ist mehr an jungen Männern und Kunst interessiert als an seiner Frau oder der Landwirtschaft. Er lässt sie über das nun mehr als doppelt so große Imperium regieren. Er residiert keine Flugstunde entfernt mit seinen Jungen in einem Landhaus und stört nicht. Julia herrscht über die Freien, ihre Verwalter und Vorarbeiter, und die Legionen von weißen Sklaven mit gerechter aber gefühlloser Hand. Zu ihrem alten Vater und seinen jungen Konkubinen bleibt sie betont distanziert.

Die Rache

Julia ist nicht glücklich. Hinter der Fassade ihrer Unnahbarkeit verbirgt sie das Gefühl, nicht wirklich das zu tun, worin sie gut ist, was sie wirklich mit Freude erfüllen würde. Sie ertappt sich immer häufiger dabei, dass sie sich auf eine unbestimmte Art dafür schämt, dem anzugehören, was sie früher immer verächtlich als Bodenpersonal bezeichnet hatte. Sie, die ehemalige Überfliegerin - zumindest in ihren Träumen.

Auf anfänglich wirtschaftliche Erfolge, folgen Jahre von Missernten und Sklavenaufständen. Julias Führungsqualität wird angezweifelt. Sie wird häufig krank. Ein Brand, gelegt oder durch die sommerliche Hitze verursacht, verwandelt das Herrenhaus in Asche.

Ihre Entscheidung aber wird durch Teryl ausgelöst. Der ist Gast beim Richtfest des neuen Herrenhauses. Er ist ein ferner Verwandter ihres Mannes, was ihn nicht sonderlich interessant macht. Aber Teryl arbeitet als Pilot bei einer intergalaktischen Handelsgesellschaft. Das Gespräch mit ihm reißt alte Wunden auf. Obwohl sie mit 70 Jahren in der Mitte ihres Lebens steht, ist sie natürlich inzwischen zu alt für den Beruf eines Piloten, aber ihr Traum von damals flammt wieder auf und mündet in einem festen Entschluss.

Sie teilt ihrem greisen Vater die Entscheidung mit. Sie wird den Hof an ihren Mann Gianni übergeben. Natürlich weiß sie, dass ihr Vater diesen Mann verachtet. Auch weiß sie, dass der das Lebenswerk ihres Vaters mit Sicherheit zu Grunde richten wird. Sie wird zum Tempel gehen, um dort den Göttern und den Menschen zu dienen. Das hätte sie schon lange machen sollen. Sie sieht die tiefe Verzweiflung ihres Vaters und genießt ihre späte Rache.

Nach vielen Jahren aktiven Tempeldienstes stirbt eine Frau, die man Julia von Cera nannte. Durch das Erlernen, die große Orgel zu spielen, hatte sie erfahren, wie sie durch das Anschlagen von Tasten andere Wesen, aber auch ferne Welten erreichen konnte. Sie hatte auch gelernt, dass ihre Hilfe für Wesen, die sich nicht selbst zu helfen in der Lage waren, ihr geholfen hatte, sich dadurch einen Sinn im Leben zu geben.

So, wie es Sitte ist, wird im Jahr 5796 nach Gründung ihre Asche vom Tempelberg herab den Winden anvertraut.

Neue Sicht auf das Leben

Unbeeindruckt von den Spekulationen über ein Leben vor oder nach dem Tod, entdecken wir genau dieses Wesen wieder, das wir im Schnellrücklauf in nun gar nicht mehr so grauer Vorzeit in Umrissen als Julia von Cera kennen gelernt haben. Unter den verschiedensten Verkleidungen und den dazugehörigen Namen, ist sie doch immer wieder auf der vorwärts eilenden Zeitspur ausfindig zu machen. Dabei werden Kategorien wie männliche oder weibliche körperliche Hüllen ohne Bedacht, Planung und Dazutun nacheinander angenommen.

Die Leben, kurz oder lang oder viel zu lang oder viel zu kurz, reihen sich aneinander wie die Perlen einer Kette. Das wiederum bedeutet, dass aus einer Julia mit dem Voranschreiten der Zeit ein Max, Jorge, eine Jeanne, Nanami, ein Luan, eine Esha, eine Chen Lou, ein Jadou, Anastasia und Noam geworden ist, von der Vielfalt der dazugehörigen Nachnamen, Berufen und gesellschaftlichen Stellungen, ja auch Hautfarben, nicht zu sprechen. Auch die Länder oder Orte, wo sich das Leben von neuem darstellt, sind recht beliebig und eher komplett ungeplant, als dass eine kontinuierliche Familien- oder Ortszugehörigkeit erkennbar wäre.

Das heißt nun wiederum aber nicht, dass nicht schon vor unserer Julia fast endlos viele Darsteller in verschiedensten Verkleidungen von ihr auf der Bühne des Lebens aufgetreten wären. Aber mit dem beschriebenen Auftritt von Julia ist etwas Neues, Bestimmtes vorgefallen, hat seinen Anfang genommen, etwas, was die vielen Rollen, die nach ihr zu spielen sind, entscheidend beeinflusst, ja, diesen Rollen einen Stempel der scheinbaren Vorbestimmung aufgezwungen hat, und so die Perlen der Kette inhaltlich miteinander verbindet und wiedererkennbar macht.

Um diesem Nacheinander von Lebensrollen einen geradezu vernichtenden Aspekt zu verleihen, wurde in diesmal wirklich abgedunkelter Vorzeit ein Mechanismus installiert, der an umfassender Bösartigkeit seines Gleichen sucht und bis zum heutigen Tag nicht gefunden hat. Sozusagen als Grabbeilage wurde jedem Lebensdarsteller eine Auflage, ein Befehl zur ohnehin unvermeidbar scheinenden weiteren Teilnahme an dem Rollenspiel des Lebens gegeben: kein Mitglied des Ensembles darf den Text und den Handlungsablauf seiner gerade beendeten Rolle, oder gar den davor absolvierten vormaligen Rollen, erinnern. Seitdem wird nach jedem Einzelleben die scheinbar unwiderrufliche Löschtaste gedrückt. Basta!

Das Vergessen

Dieses Vergessen lässt nun den Vergleich mit den Darstellern, wie wir sie heute auf den Bühnen und Schirmen erleben, auf die gröbste Art hinken, denn Schauspieler leben von einer immensen Fähigkeit, der Fähigkeit, Texte schnell aufzunehmen, sich daran zu erinnern.

Andererseits, wer hat nicht den Niedergang eines vormals großen Darstellers erlebt, der sich zunächst eine Rolle innerhalb kürzester Zeit einprägen konnte, später aber, durch viele Begebenheiten in seinem Leben, dem schwindenden Erinnerungsvermögen mit mehr Drogen, vorrangig Alkohol, anzukurbeln vermochte, und sich dann schließlich keinen Text mehr merken konnte. Er vergaß ihn immer häufiger, und schließlich konnte er nicht mehr beschäftigt werden, denn er verletzte die alte Schauspieler-Weisheit, `Kenne deinen Text, ziehe den Bauch ein und stolpere nicht in die Möblierung´. Er lief schließlich gegen Möbel und konnte sich nicht einmal mehr an die Texte seiner früheren Paraderollen erinnern, vom Baucheinziehen ganz zu schweigen. Ähnlich ergeht es jedem Darsteller am Ende seiner Rolle auf der Bühne des Lebens, bisher, ohne größere, bekannt gewordene Ausnahmen, und er braucht dazu auch kein Alkoholiker gewesen zu sein.

Wird nicht auch der Tod als das umfassende und gnadenvolle Vergessen dargestellt und bisweilen gerade deswegen häufig sehr willkommen geheißen? Aber der Sensenmann kann nur das sensen, was dinglich ist und damit sterblich, den Körper. Das Unsterbliche bekommt er nicht zu fassen. Das entflieht ihm, so wie ein fester Maschendrahtzaun keinen Windzug aufzuhalten vermag.

Wenn also die einzelnen Leben mit böser Absicht durch ein umfassendes Vergessen sorgfältig voneinander getrennt werden, dann nimmt der Mensch trostvolle Zuflucht zu

Lösungen wie einem Nirwana, dem Totengericht des Osiris, Moksha der Hindus, dem christlichen Himmelreich, dem Paradies des Islam, den ewigen Jagdgründen und vielen jenseitigen Flucht-Ziel-und Sehnsuchtsorten mehr. Diese funktionieren allesamt als Auffangbecken von Seelen, die gemäß ihrer aufgezwungenen Vorstellung, mehr oder weniger bewusst nur einmal leben, weil ihnen der Zugang zu vorherigen Existenzen verschlossen wurde. Sie haben diese schlicht und einfach total vergessen.

Nur hier und da ist das Vergessen brüchig, und es bahnt sich eine Fähigkeit einer früheren Existenz den Weg an die Oberfläche, und ein sechsjähriges Kind spricht fünf Sprachen, entwirft futuristische anmutende Flugmodelle oder zeigt bereits alle Voraussetzungen für eine große Klaviervirtuosin, anstatt, wie es erwartet werden darf, in der Sandkiste vortreffliche Kuchen zu backen.

Oder umsegelt allein die Welt, wie die 14-jährige Laura Dekker.

Erkenntnis

Der Feind jeder Erkenntnis über das fortgesetzte Leben ist also als das Vergessen entlarvt. Eine Erkenntnis kommt durch ein Wiedersehen von etwas vorher Verborgenem zustande.

Eine Erleuchtung bedient ebenfalls dieses Bild von einem Licht, das auf etwas vorher Abgedunkeltes, Unsichtbares, aber bereits Vorhandenes fällt. Vielleicht sollte man sie Beleuchtung nennen, um ihr die übernatürliche Bedeutung zu nehmen. Allerdings landet man mit dieser Definition eher auf dem Gebiet der Elektrizität. Demnach erscheint das Wort Erkenntnis als das, was das Wiedererkennen am besten beschreibt.

Jeder ist zu einer Erkenntnis fähig, wenn ihm nicht zuvor von superautoritär beauftragten Wissenschaften, irregeleiteten aber einflussreichen Philosophen, kirchlichen Dogmen oder sendungsbewussten Bösewichtern mitgeteilt wurde, dass er das Erkennen vergessen kann, weil es da nichts zu erkennen gibt, oder weil es gefährlich, dumm oder unschicklich ist, selbstständig nach Erkenntnis zu suchen.

So ist jede religiöse Erkenntnislehre daraufhin abzuklopfen, ob sie sich dem Vergessen unterordnet und letztlich immer neue Wege der Versklavung erfindet, denn der Mensch hat eine Leidenschaft zur Sklaverei. Oder ob die Lehre den ganzen Weg durch das Vergessen hindurch und hinaus in ein umfassendes Verständnis von allem, vorschlägt, was letztendlich wirkliche Freiheit bedeutet. Freiheit von der zwanghaften Abfolge, die immer wieder als Baby beginnt, das die Werkzeuge des Lebens neu erlernen muss. Freiheit hin zu einem selbstbestimmten Leben, ausgerüstet mit umfassenden Fähigkeiten, dem Leben mit lächelndem aber starken und ethischen Antlitz zu begegnen.

Man könnte sich einer neuen Religion ähnlich annähern, wie es Albert Einstein getan hat:
`Die Religion der Zukunft ist eine kosmische Religion. Sie geht über einen persönlichen Gott hinaus und vermeidet Dogmen und Theologie. Sie umfasst die Natur genauso wie die Geistigkeit und basiert auf einem religiösen Verstehen, das nach der Erfahrung aller Dinge, natürlich und geistig, als einer bedeutsamen Einheit strebt´.

Man möchte noch hinzufügen, dass diese kosmische Religion nach Gewissheit strebt und keinen Glauben fordert.

Lebenskette

Nun aber wieder zurück zu Julia von Cera als Ausgangspunkt. Sie gefiel sich darin, Leben mit endlos scheinende Variationsmöglichkeiten aus ihren Grundantrieben zu inszenieren, einer Köchin gleich, die aus bestimmten vorgegebenen Hauptzutaten durch Mengenvariation, unterschiedlicher Gewürz-und Kräuterverwendung, immer neue Gerichte ersinnt. Diese Gerichte müssen sich nur einem Befehl beugen, sie müssen die Hauptmerkmale von Julias Leben enthalten. Wie bereits erwähnt und betont, die jeweilige Zusammensetzung des Gerichts darf nach Fertigstellung der Mahlzeit, das heißt Abschluss eines Lebens, nicht erkannt und dann umfassend vergessen werden. Das ist die Grundbedingung, ersonnen von Wesen mit ganz offensichtlich beeindruckend bösartigen Absichten und dem dazugehörigen technischen Knowhow, um diese dauerhaft in die Tat umzusetzen.

Was waren die Hauptmerkmale, die wie ein Band die einzelnen Perlen auf Julias Lebenskette zusammenhielten? Mehr als alles andere in ihrer Welt wollte Julia eins, und das war ein Space Cowboy, ein Raumvagabund ungebunden und frei, zu werden. Ihrem starken Willen und Wunsch, stellte sich das Gesetz der Zeit in Gestalt ihres Vaters entgegen. Ihm konnte sie sich nicht widersetzen, sie musste sich ihm beugen. Hier trafen die Weltenreisende und der sesshafte Großbauer aufeinander, und Letzterer entschied diesen Kampf zunächst für sich.

Um nun in ihrer totalen Niederlage das Gesicht zu wahren, fasst sie einen Entschluss, der gegen ihren Vater aber hauptsächlich gegen sich selbst gerichtet ist, wie es jedem Rachegelüst passiert: sie würde Tempelpriesterin werden. Das, was ihr Vater am meisten verachtet, das, was er als verlorenes, nutzloses Leben ansieht, das will sie führen, um sich so an ihm zu rächen.

Rache, dieses letzte selbstzerstörerische Aufbäumen gegen eine Kraft, die gesiegt hat.

Das Orgelspiel

Hier nun aber in der Abgeschiedenheit des klösterlichen Lebens lernt Julia die gewaltig große Orgel zu spielen. Sie beansprucht die gesamte Ostfront der großen Säulenhalle und ragt hinauf bis zur lichtspendenden Rundkuppel. Musik ist zunächst gar nicht ihre Leidenschaft, aber es gibt für sie keinen Weg vorbei an den 15.000 Pfeifen und den 114 Registern, weil das Gelübde ihr keine Wahl lässt. Seit dem Tod der letzten Organistin, ist die Orgel verstummt. Das sei nun schon eine kleine Ewigkeit her, sagt die Äbtissin, prüft Julias Hände und ihren Körperbau und entscheidet, dass sie das Spielen auf der großen Orgel zu lernen habe.

Durch das zunächst aufgezwungene Erlernen des Orgelspiels hat sich Julia aber bald mit ihrem Schicksal abgefunden, und sie spielt sich wundersam allein und schnell durch die Anleitungsbücher zur Notenschrift und dem Orgelspiel, denn es gibt niemand, der ihr als Lehrer hätte behilflich sein können. Ihr ist auf sonderbare Weise die Orgel schnell vertraut. Bestimmt schwingt das Wissen um Musik aus dem einen oder anderen früheren Leben mit, erkennt die Äbtissin mit Genugtuung. Das Mädchen weiß einfach, wie es zu klingen hat, ohne zuvor in ihrem Leben auch nur eine einzige Orgelpfeife pfeifen gehört zu haben.

Ihrem Wunschziel, ferne Welten kennen zu lernen, nähert sich Julia unvermittelt an, indem sie sich mit Tönen aus den winzigen Pfeifchen bis hin zu vielen zig-Meter hohen Tonröhren ein eigenes Universum ersinnt, nicht unähnlich dem, was sie sich in der dinglichen Welt als Space-Cowboy erhofft hatte. Ihr innerster Wunsch, ferne, unbekannte Welten zu besuchen, ihre tiefe Sehnsucht, die Weiten des Weltraums zu durchmessen und ferne Wesen kennenzulernen, erlebt sie nun auf eine andere, nicht weniger spannende Art. Auch bemerkt sie, dass sie durch ihr Orgelspiel ebenfalls die Menschen auf ihre Reisen mitnehmen kann. Das macht sie zusätzlich glücklich.

Grundmuster

Das sind also in der Kette der Leben, die alle folgenden Existenzen beeinflussen sollen, die besonderen Perlen, ein Space-Cowboy, überzogen mit einer Art Glasur, der Musik. Einem Fahrplan gleich müssen nun folgende Häfen unwissentlich aber unwiderstehlich in fast jedem ihrer folgenden Leben angelaufen werden: erstens eine starke Sehnsucht, Fluggeräte aller Art zu führen, um die Leere zwischen den Welten und Lebewesen zu überwinden. Zweitens, die Musik, die durchaus auch in der Lage ist, diese Ziele zu erreichen, wenn nicht sogar umfassender und erfüllender, als es mit den schnellsten und größten Raumschiffen zu erreichen wäre. Drittens, die Auseinandersetzung mit einem starken Gegner, der sich diesen Sehnsüchten entgegenstemmen würde.

Das ist das wiederkehrende Grundmuster, um das sich die fast zahllos folgenden Leben, die von Julia von Ceras Existenz bestimmt werden, mal stärker, mal weniger vordergründig ranken, und genau das macht sie auffindbar. Sie unterscheidet sich von allen anderen Schauspielern auf den Bühnen, wegen der großartigen Fertigkeit der Abteilungen Maske, Garderobe und Bühnenbildner, das Publikum zu täuschen und es hinter das Licht der Erkenntnis zu führen. Der Erkenntnis, dass es sich immer wieder um dasselbe Wesen handelt.

Durch die jeweilige Verkleidung hindurch, erkennt aber der, der das große Vergessen einmal vergessen kann, das Grundmuster, das heißt, welchen Grundkurs gerade dieses Wesen segelt, und welche Wendetonne zwanghaft umschifft werden muss, ganz gleich, wieviel Wasser und welche Stürme dazwischen liegen mögen.

So könnte sich auch Julia in der zwanghaften Abfolge ihrer Rollen selbst erkennen, wenn sie nicht immer wieder als Grabbeilage das große Vergessen geschenkt bekommen hätte.

Wenn der körperliche Tod nicht mit einer totalen Amnesie verbunden wäre, hätte das Leben sozusagen sein eigenes Muster erkannt und hätte mit dieser Erkenntnis den Lebenskurs jetzt geändert, wissentlich beibehalten, oder selbstbestimmte Ziele neu definiert. Die Leben wären frei von Lebensmustern, von der eigenen Vergangenheit aufgezwungen. Mit anderen Worten, jedes Leben wäre für den, der es führt, sofort und unmittelbar therapeutisch.

Ursprung

Hierzu muss allerdings etwas angemerkt werden, das sich wie ein roter Faden durch die verschiedensten Gesellschaften, die sich als zivilisiert betrachtet haben, nachverfolgt werden kann: die erbitterte Auseinandersetzung zwischen den Anhängern der Überzeugung, dass alles Leben vom Dinglichen herzuleiten ist, und denen, die den Ursprung, den Ursachpunkt des Lebens auf das Geistige, Spirituelle, nicht Materielle beziehen. Das heißt, für die einen kommt das Leben aus dem Ursumpf und endet wiederum darin. Es gibt auch eine trockenere Version davon, in der das Leben aus Staub kommt und wieder zu Staub wird.

Für die anderen wird das Leben von einer unsterblich geistigen Einheit bestimmt, die auf Grund ihrer feinstofflichen Eigenart, von den Sumpf- und Staubanhängern nicht wahrgenommen werden will oder auch nicht kann.

So ist die Arena mit ihren Gladiatoren und Scheiterhaufen für ein dauerndes Kampfspiel bestens vorbereitet. In der Mehrheit der bewohnten Systeme folgen die johlenden Massen hypnotisiert der Sumpf- und Staubmannschaft und den von ihr erzielten Toren, aber die Tore der Geistmannschaft werden nicht wahrgenommen und folglich nicht gezählt. Dass die Sumpf-Staubmannschaft ausschließlich Eigentore schießt, geht in der allgemeinen Fanbegeisterung unter. Aber es ist nicht zu leugnen, dass die Sumpf- und Staubanhänger in diesem Universum auf einem Siegeslauf gehalten werden, denn sind die Wesen nicht so durch die Einmaligkeit ihres Lebens auf die nachhaltigste Art zu erpressen und zu manipulieren? Wie bereits erwähnt, der Mensch hat eine große Leidenschaft zur Sklaverei.

Garniert wird das Ganze durch die Begriffe Vorsehung und Schicksal. Eine fatalistische Lebenseinstellung entbindet von jeglicher Ursächlichkeit und macht aus einem ursprünglich starken, selbstbestimmten Wesen eins, das es sich auf dem Klappsitz der Arenen oder im Fernsehsessel als Zuschauer gemütlich gemacht hat. Ein Spielball der Götter und der Wesen, die von der Versklavung profitieren.

So scheint die vordergründige Lüge gegenüber der dahinter verborgenen Wahrheit immer mehr an Publikum zu gewinnen. Die Wesen lassen sich leichter in eine bequeme Sklaverei führen, als sich für einen aufwendigen Kampf für die Wahrheit zu entscheiden, die allein Freiheit bedeutet.

Allerdings weiß jedes Kind, jede Religion und jeder positiv ausgerichtete Philosoph, dass die Wahrheit schließlich siegt, und der Schein der Sonne die Lüge letztendlich entlarven wird. Nur für diesen Sieg der Wahrheit genügt es nicht, auf den heilenden Schein der Sonne zu warten oder auf den Endsieg nur zu hoffen.

Der Sieg der Wahrheit und somit Freiheit muss erkämpft werden, bis die Wahrheit alle Lügen durchdringt und auflöst. Dazu braucht es die Bereitschaft, einander zu helfen, das feingeschliffene Florett der Kommunikation, das letztendlich umfassendes Verstehen bringt und die alles auflösende Bewunderung und Liebe.

Der Tod

Das große Vergessen, genannt Tod, wird verflucht, betrauert, gefürchtet, verdammt, benutzt, herbeigeführt, herbeigesehnt und bleibt trotz größter Häufigkeit doch unverstanden.

Die Idee der Einmaligkeit des Lebens bekommt durch das Errichten von Denkmälern bis hin zu riesigen Pyramiden zusätzlich steinernes Gewicht. Sie sollen das Vergessen verhindern und meißeln doch das Gegenteil in die Köpfe. Sie betrauern mit großem Aufwand die Vergänglichkeit des Daseins, anstatt mit Nachdruck das Fortleben im Hier und Jetzt gebührend zu begrüßen. Und wenn schon Gedenksteine gesetzt werden müssen, wie wäre es, wenn man zur Geburt eines Kindes einen Stein setzt mit der Aufschrift: `Hier und heute, im Jahr 2024, beginnt das Leben, dem wir Eltern den Namen Mailin gegeben haben. Wir wünschen ihr ein langes, glückliches Leben´. So würde man keine Friedhöfe besuchen, sondern Hoffnungshöfe, wo jeweils das Leben bestätigt wird, in frischer Bekleidung einen aktiven neuen Anlauf zu nehmen.

Die See- und Waldbestattung, die Urne-im-eigenen-Garten Bewegung oder die Asche des Geliebten zu einem Diamanten zu pressen, und diesen so mittels eines Ringes zum ersten Mal um den Finger wickeln zu können, lockert das Thema in jüngster Zeit erfreulicherweise schon etwas auf. Ein Verstehen des Geistwesens allerdings bleibt von dieser Entwicklung unberührt.

Dass ein Weiterleben als ein undefiniertes Geistwesen in einer der bereits beschriebenen Zufluchtsorte leichter als Trost angenommen wird als zu konfrontieren, dass das Leben in einem anderen Körper im Hier und Jetzt fortgesetzt wird, ist auf die bereits erwähnte umfassende Vergessens-Hypnose zurückzuführen. Denn welcher wache Geist würde die unwahrscheinlichste aller Lösungen zum Rätsel Tod als die Richtige ansehen, wenn doch hier weder ein Rätsel noch dessen Lösung zu betrachten ist. Das Leben lebt und lässt sich nicht durch die Sterblichkeit von Körpern davon abbringen, weiter zu leben. Und das passiert vorrangig, aber durchaus nicht zwingend, in der Umgebung, in der das Leben gelebt hat, in welcher neuen Verkleidung auch immer sich der permanente Geist ausdrückt.

Der Glaube an einen Gott oder Götter ist hier durchaus nicht hinderlich. Ganz im Gegenteil. Nur muss ein göttliches Konzept viel umfassender, unendlicher verstanden werden, als man es bisher allgemein gewagt hat.

Ganz gleich, was über den Tod gesagt wird, er verursacht Verwirrung bei den zurückgelassenen Lebenden und den Verstorbenen gleichermaßen. Im Diesseits und Jenseits stiftet er eine Situation, die alle Beteiligten überfordert.

Für die Diesseitigen scheint nur der Abstand von dem Todesvorfall, ein Verblassen und schließlich ein sich Ergeben in die Situation, heilend zu sein. Mehr und mehr wird das Andenken von den Anforderungen des aktiven Lebens übertüncht, das schließlich in ein partielles Vergessen übergeht. Das Kommunikationsloch, das der Verstorbene hinterlassen hat, wird so nur oberflächlich abgedeckt. Deshalb neigen die diesseitigen Beteiligten immer wieder dazu, in dieses Loch zu fallen, anfänglich häufig, später eher seltener aber doch immer wieder unerwartet und heftig.

Für den Jenseitigen, wenn wir ihn einmal so bezeichnen wollen, stellt sich die Situation anders dar, aber er ist ebenfalls komplett verwirrt. Alle Ankerpunkte, durch die er sich im Leben definiert hat, sind einem Nichts gewichen. Vor allem sein Spiegelbild, sein Name, sein Körper, aber auch seine Uhr am Handgelenk, der Schmuckring, sein Handy, seine große Liebe und sein Hassobjekt, sein Empfinden für oben und unten, warm und kalt, schnell und langsam, schwer und leicht, nah und fern, gestern, heute und morgen, kurz alles Dingliche ist plötzlich abwesend. Was soll er, der sich als ein Nichts und vorrangig als völlig wertlos empfindet, in einem scheinbaren Nichts tun?

In diesem Moment, wenn gar nichts mehr irgendeinen Sinn ergibt, ist das Wesen besonders anfällig für Fremdeinflüsse, die ihm jetzt fordernd aber auch verführerisch entgegentreten. Es sind Einflüsse, die unerbittlich mit präziser Kontrolle das Wesen seiner Erinnerung berauben, und es auf ein neues bewusstlos aufgezwungenes Lebensabenteuer senden wollen.

Um in den Irrungen und Wirrungen dieses Aufenthalts zwischen den Leben nicht den Kurs zu verlieren, gibt es für unseren Jenseitigen, wie in jeder anderen Verwirrung, die ihm zu Lebzeiten mit einem Körper begegnet war, nur eine Lösung: wenn sich alles dreht, und kein Sinn zu erkennen ist, muss er ganz bei sich bleiben und eine Position als Fixpunkt wählen. Ist einmal dieser Fixpunkt eingenommen, kann er die Verwirrung auflösen.

Aus dem verwirrenden Gefühl der Abwertung und des Verlustes, das der Körpertod bewirkt hat, wird er die Kontrolle zurückgewinnen, wenn er einen Ort, eine Lokalität, als seinen stabilen Fixpunkt bestimmt, der ihm gut bekannt und vertraut ist. Dort will er erscheinen und sein. Dabei ist es nicht wichtig, ob es eine richtige, wichtige oder allseits anerkannte Örtlichkeit ist. Es sollte ein Ort sein, wo er gewesen ist, an den er sich gern erinnert, und der ihm sehr vertraut ist, kurz, ein guter Ort, wo er sich einmal wohl und sicher gefühlt hat.

Wenn er diesen Ort einnimmt, kann sich durch seine Selbstbestimmung in vertrauter Umgebung langsam die Verwirrung auflösen, und Ordnung eintreten.

Das Jenseits

Es gibt die Vielen, die mit Stolz verkünden, an nichts Jenseitiges zu glauben. Ihr ganzer Trost ist das Nichts, an das sie vorgeben zu glauben. Sie hoffen auf ein umfassendes Vergessen, ohne vielleicht selbst doch nicht ganz vergessen zu werden. Sie glauben gewissermaßen an ein schwarzes Loch, in dem sie für immer verschwinden, und beachten dabei nicht, dass ein schwarzes Loch durchaus kein Nichts ist, sondern in der Astronomie als eine besondere Dichte von Masse beschrieben wird.

Sie glauben folglich an die Macht der Dinge, ihnen ist das Symbol wichtiger als das, wofür das Symbol steht. So gerät eine Gesellschaft in die Sackgasse eines Körperkults, der zu ihrem prägenden Merkmal wird. Schauen Sie sich um, der Beweis ist erdrückend. Das erhoffte jenseitige Nichts kann aber letztendlich nicht den erhofften Trost im Diesseits bieten. Deshalb neigt diese Gattung besonders stark zur Beachtung aller Art von Signalen, Ohmen und Vorzeichen, eben allem, dem sie versuchen eine Ursache zuzuschreiben.

Mit dem umfassenden Vergessen allerdings haben diese Anhänger von `Nach mir die Sintflut´ Recht, genau das wird ihnen widerfahren.

Trost baut auf Zuversicht und Hoffnung auf, und ohne Zukunft gibt es keine Hoffnung. Um eine selbstbestimme Zukunft zu haben, muss man sie durch seine Visionen und Ziele selbst postulieren und danach die Gegenwart ausrichten.

Nachhaltigkeit

Hier nun ist zu bedenken, dass, wenn sich jede einzelne Existenz unbewusst darin gefällt, weiterzuleben, dann ist es so, dass sich das Leben aus seinen angesammelten vorrangigen Fähigkeiten und Unfähigkeiten, Eigen-und Unarten, Taten und Untaten und vor allem schlechten und schmerzlichen Erfahrungen aller Art, ein wildes Bündel schnürt und dies unwissentlich als Mitbringsel mit auf den neuen Lebensweg nimmt. Der Geist reist mit kleinem Gepäck aber, um das Modewort zu verwenden, mit, in diesem Fall wirklich, nachhaltigem Gepäck, von dessen Inhalt er nichts weiß, weil es ins Vergessen abgerutscht ist.

Dieses Bündel haftet an ihm, besser, wie ein Kaugummi an der Sohle eines Schuhs. Was heißt, man kann es wegbekommen, aber nur mit Mühe, und nur mit einem sehr wirksamen Lösungsmittel.

Das bisher Beschriebene wäre von niederschmetternder Konsequenz, wenn es nicht eine Fähigkeit gäbe, über die jedes Wesen verfügt, die hier nicht unerwähnt bleiben darf, denn sie unterscheidet die mit dem weißen und die mit dem schwarzen Hut. Es ist die Fähigkeit und der Wille, richtig und falsch, Gut und Böse zu erkennen. Jeder muss sich immer wieder entscheiden, und entlang dieser Entscheidungen bahnt sich ein Lebewesen den Weg hinaus aus eingestanzten Verhaltensmustern oder hinab in eine automatische, sklavische Erfüllung von früheren Entscheidungen, die heute nicht mehr passend und überhaupt nicht gefragt sind.

Die Definition von richtig oder falsch, gut oder böse trägt jeder in sich und kann diese Begriffe sehr gut unterscheiden, wenn er sich zur Beantwortung wirklich die dafür notwendige Zeit nimmt und alle seine Lebensbereiche auf das Gründlichste durchscannt. Je nach Fähigkeit, kann eine solche Entscheidung aber auch spontan geschehen.

Ein Wesen hat also die Fähigkeit, sich aus dem besagten Sumpf, samt Pferd am eigenen Schopf herauszuziehen, wie es einst der gute Baron von Münchhausen tat. Alle Türen sind von innen verschlossen, man hat nur die Aufgabe, sich zu erinnern, wohin man die jeweiligen Schlüssel gelegt hat, und nicht andere zu beschuldigen, die Türen von außen verschlossen und die Schlüssel unauffindbar gemacht zu haben. Oder noch schlimmer, sich aufschwatzen zu lassen, dass es für die Türen gar keine Schlüssel gibt und nie geben wird.

Das Schlimmste allerdings ist, der Propaganda der Sklaventreiber zu verfallen, die von ihren Lobbyisten verkünden lassen, dass es gar keine Türen und somit keinen Ausweg aus der von ihnen geschaffenen persönlichen und globalen Misere gibt, außer dem von ihnen propagierten Weg. Dieser Weg wird missionarisch als menschenfreundlich angeboten, und um einen winzigen nicht unwahren Aspekt, gruppiert sich ein Ozean von Lügen, der darin kulminiert, dass alles Erfahrbare dinglich sei. Der Gott, der hier verehrt werden muss, ist eine scheinbar übergeordnete Vernunft, die Instanz einer mit böser Absicht installierten künstlichen Intelligenz.

Zurück zu Julia von Cera

So wollen wir den Kreis wieder zu dem Geist unserer Julia von Cera schließen, dessen nachhaltiges Gepäck wir in seinen maßgeblichen Grundzügen kennengelernt haben:

Wir haben ihn wieder aufgespürt, verfolgt durch die Zeiten, erkennbar an einem unbändigen Willen zu Abenteuern, zur Freiheit, Unabhängigkeit im Denken, leidenschaftliche Hingabe an alle Geräte, die ein Überwinden von Abständen zwischen Räumen, aber auch den Menschen, versprechen und ein natürliches Musikverständnis, vor allem für Tasteninstrumente. Dieses Bündel an Charakteristika ist umschnürt von einem Band, das große Verluste aber auch uneigennützige Hilfe für andere Lebewesen umfasst. In manchen seiner Leben sind nur Spuren von diesen Grundzügen zu erkennen, in anderen treten sie wieder kraftvoll in den Vordergrund.

Und immer ist dieses permanente Gepäck durchwirkt von einem Hang zum Drama, dessen Geschmack, einem Gewürz gleich, dem Leben die scheinbar notwendige Geschmacksverstärkung verleiht.

Den Medien aller Farbrichtungen und selbst die der anspruchsvollen Literatur sichert die Darstellung und Fixierung auf die Einmaligkeit des Lebens und das damit verbundene Drama im Leben des Protagonisten eine Quelle für eine nie versiegende Aufmerksamkeit des Publikums und somit resultierenden Geldfluss.

Allerdings, wenn das Publikum bereit wäre, die Vielmaligkeit des Lebens zu akzeptieren, würde das der scheinbar unvermeidlichen Lebensdramatik einen neuen und spannenden Aspekt hinzufügen.

Lebensauslauf

Es ist genau 775.346 Jahre her, seit Julia von Ceras Asche vom Tempelberg eines hier unbenannten Sterns den Winden anvertraut worden war, und vielen zwischen damals und jetzt liegenden Existenzen, als sich dieses Wesen wiederum im Vorhof eines neuerlichen Lebensanlaufs befindet.

Dafür muss allerdings die existierende Lebensform ihr Verfallsdatum erst noch vorauseilend und entscheidend unterschreiten.

Seit kurzem stottert das Rotax-Triebwerk. Der Propeller dreht unregelmäßig. Das Höhenmeter dreht sich schnell aber konstant - zurück. Ihre `Lerche´ sackt ab, den Weinbergen entgegen. Pascal, ihr Flugingenieur, hat doch die fällige Inspektion nach 50 Flugstunden gemacht?

Mary-Catherine Pinot bleibt ruhig und will bis zum letzten Moment warten, ob sich der Motor doch noch fängt. Sie will, wenn nötig, den Sicherheitsfallschirm erst auszulösen, wenn es wirklich nicht anders geht. Sie will doch ihre schöne `Lerche´ nicht unnötig demolieren. Bestimmt kann sie die Maschine noch selbst abfangen. Sie bedeutet ihr doch so viel Freiheit, Freiheit von allem, was das Leben unten auf der Erde von ihr fordert. Der Schirm würde sie ziemlich unsanft aber sicher, samt ihrer Lerche, einer einmotorigen Issoire APM20 Lionceau, auf den Boden bringen.

Die Lerche sackt weiter ab. Ein freies Feld gibt es hier nicht, aber die geordneten, gewellten Reihen der Weinstöcke fesseln sprungartig die Aufmerksamkeit.

Jetzt muss doch der Schirm her.

Auch immer hektischeres Schlagen auf den roten Auslösehebel des Sicherheitssystems, bewirkt nichts.

Das kann nicht sein! Das kann nicht sein! Das darf doch nicht sein!

Aus dem Fliegen wird Stürzen.

Plötzlich ist es zu spät.

Ein Krachen!

Stechender, umfassender Schmerz. Der Vorbote eines großen Verlustes.

Es passiert über einem Weinberg in der Nähe einer Stadt mit dem Namen Aix-en-Provence, in Südfrankreich. Die Reben machen sich gerade zum Austrieb bereit, als es kracht.

Mary-Catherine, die sich trotz oder wegen des Absturzes unvermittelt hoch über der Situation befindet, sieht ihren abgeknickten, blutigen Körper, noch festgezurrt im Pilotensitz, rausgeschleudert zwischen die Rebstöcke. Auf dem stumpfen Erdbraun glänzen die schwarzen Locken in der Nachmittagssonne.

Die Erde hat sie zurückgefordert.

Trotzdem ist sie ihr entkommen!

Was da unten zwischen den Trümmern des geliebten Ultraleichtflugzeugs liegt, ist zu nichts mehr zu bewegen oder zu gebrauchen.

Die schöne Lerche!
Ultraleichte Einzelteile leuchten rotweiß verstreut zwischen den Weinstöcken.

Warum hat die Maschine plötzlich so rasant an Höhe verloren und ist abgestürzt?

Tödliche Ruhe.

Die warme Nachmittagssonne eines schönen Frühlingstags beruhigt die Szenerie am Weinberg.

Eine Feldlerche schraubt sich zirpend mühelos hoch hinauf in den blauen Himmel über der Provence.

Trostloser, schwarzer Verlust.
Überwältigendes Gefühl der Abwertung, der Wertlosigkeit.

Pascal, der Flugingenieur, muss etwas übersehen haben. Seine Scheidung hat ihn doch mehr getroffen, als er zugeben wollte. Hat er seinen Lebenswillen verloren und nachlässig gearbeitet?

Und sie muss das jetzt ausbaden?

Zum Glück war Clairchen nicht dabei.
Die süße, kleine Claire, die so gern mitfliegt.
Ihr Foto klebt zwischen Höhenmesser und Libelle, Teile des Cockpits, die zwischen teilnahmslosen Rebstöcken liegen.

Claire, mon petit minou!
Große Nähe zum fröhlichen Gesicht ihrer Tochter.

Trauer, ohne Tränen vergießen zu können, ist herb und umfassend.

Weiter Raum zwischen den Dingen und Allem.

Professionelle Betriebsamkeit der Rettungsmannschaft. Lauthallende Stimmen stellen fest, dass es hier nichts mehr zu retten gibt. Abtransport des kaputten Körpers mit grellem, sinnfreiem Sirenengeheul, sich verflüchtigend auf kurviger Straße.

Weiter Abstand, als nichts im Nichts.

Der medizinischen Fakultät, die sich dem Retten von Körpern verschrieben hat, ganz gleich, was die Eigentümer der Körper beabsichtigen zu tun, ist Mary-Catherine durch eigene Entscheidung entkommen.

Ist das Selbstmord?
Nein, es gibt keinen Selbstmord. Es ist das Verlassen eines nicht mehr funktionstüchtigen Körpers. Wenn jemand allerdings willentlich aus einem noch gut funktionierenden Körper, der also noch eine Zukunft hätte, aussteigt, ist es Körpermord. So wie es die unnötige Tötung von einem Tier betrifft, könnte das von einer Rechtsinstanz durchaus geahndet werden.

Sich selbst hat Mary-Catherine Pinot ganz eindeutig nicht ermordet.
Abstand, immer größerer Abstand.
Große Nähe zu Claire. So unerwartet blond ist ihre kleine Tochter.

Sie und Tony sind dunkelhaarig. Jean, ihr Fluglehrer, ja, der war blond. Der war nach kurzem Intermezzo wieder davongeflattert. Sie hatte wohl ein Faible für ihre jeweiligen Lehrer. Tony, der Engländer, ihr Mann, lehrt jetzt eine andere, jüngere Frau, das Klavierspiel. Natalie heißt seine Geliebte.

Graue Bitternis.
`Mary-Catherine Pinot, Mary-Catherine Pinot, Mary-Catherine Pinot´, sagt sie sich immer wieder, um sich zu behaupten. Gegen was? Gegen alles!

Natalie lebt in Le Thononet, keine halbe Flugstunde von Aix entfernt. Was hat sie bewogen von ihrer Route nach Marseille unvermittelt scharf Richtung Westen nach Le Thononet abzudrehen?

Rache an Tony oder an Natalie, seiner Flamme?
Was hat sie nur vorgehabt?

Marcel, ihr Bruder sitzt da in der Brasserie `Le Soleil´ im alten Hafen von Marseille und wartet vergeblich auf sie.

Graue Besorgnis erfüllt das Denken. Der Einkauf muss noch gemacht werden. Braucht Clairchen Hilfe mit den Schularbeiten? Der Citroen muss morgen zur Contrôle Technique, Clairchen braucht neue Sandalen, die Aussprache mit Tony ist überfällig, Céline braucht einen anderen Arzt, die Katzen müssen gefüttert werden, am nahen Monatsersten sind die Hausrechnungen fällig, die Wäsche muss abgehängt werden, der Gartenbrunnen muss am Abend abgestellt werde.

Dann ist sie umgeben von rosa Orchideen in ihrem Garten, riesengroß. Jetzt im Frühjahr ist der Garten ein duftender, bunter Klecks in der Landschaft. Der gelbe Ginster bestimmt alles. Das satte Rot des Klatschmohns versucht, dagegen zu halten. Der betörende, frisch, süße Veilchenduft liegt über allem.

Der nahe Bois de la Cortésine lässt seine Bäume mit ihren frischen, duftigen Frühlingsblättern in der Nachmittagssonne träumen.

Mit blondem Pferdeschwanz auf wippendem Schulranzen läuft Claire die Avenue Villemus hinauf zu unserem Haus.

Sie ist so lebendig! So fröhlich!

Was wird jetzt aus Clairchen, mon petit minou?

Eine tröstende Umarmung ist nicht möglich.

Die Wahrnehmung ist von Schwermut eines grenzenlosen Verlustes durchtränkt.

Alles ist verloren...auch die Fähigkeit zu weinen.

`Mary-Catherine Pinot, Mary-Catherine Pinot, Marie-Catherine-Pinot´.

Neuer Lebensanlauf

In der undinglichen, raumlosen Existenz bedeutet Zeit nichts. Sie fängt nicht an, vergeht nicht, noch hört sie auf.

Allerdings für die dingliche Welt mag einige Zeit vergangen sein, bis sich das Wesen etwas beruhigt hat. Es verspürt keinen unmittelbaren Drang oder Zwang, sich sofort in etwas Neues zu stürzen, und gewissen verheißungsvollen aber trügerischen Aufforderungen nachzugeben.

Unser Geist stand schon als Mary-Catherine ihr ganzes Leben fremden Kontrollversuchen misstrauisch gegenüber. Sie überprüfte stets, ob diese Kräfte entlang ihrer eigenen Ziele liefen oder nicht. Sie wollte die Zügel über den Kurs ihres Lebens selbst in Händen halten Das bekamen natürlich vorrangig ihre jeweiligen Partner zu spüren. Sie war bereit zur Koexistenz, wenn diese ihren Zielen nicht abträglich war oder besser noch, diese bei der gemeinsamen Lebensaufgabe unterstützte.

So teilte unser Geist auch nicht die eingestanzte Idee, dass helles Licht, immer das Licht der Erkenntnis sein müsse, und so absolut positiv belegt ist. Das denken übrigens auch die dicken Brummer, die im Sommer immer wieder mit dem Kopf gegen die helle Scheibe krachen, obwohl der Ausweg weiter unten im dunkleren Fensterspalt liegt. Das erhoffte Licht am Ende eines Tunnels, mag so auch ein Irrlicht sein. Zusätzlich könnte man sich im falschen Tunnel befinden.

Dieses Wesen aber, das wir inzwischen wiedererkennen, denn schließlich gilt ja unser Interesse und unsere Aufmerksamkeit genau dieser Existenz, hält inne, es stoppt scharf einem Befehl zu folgen, sich einfach gehen zu lassen, nach dem Motto, `wir sind die Guten, machen Sie jetzt nichts, wir übernehmen´.

Wenn es nicht in einer undinglichen Existenz passieren würde, könnte man die Bremsen kreischen hören.

In diesem Moment braucht es sehr viel Willen zur eigenen Entscheidung!

Viele Messiasse haben gangbare Wege zur geistigen Freiheit aufgezeigt, deren Lehren, kaum verkündet, sofort pervertiert wurden, die so die Menschen hinter das aufgezeigte Licht führen, das sich dann in dieser neuen Form als Irrlicht und nur halbe Wahrheit herausstellt.

Das soll keinesfalls ein Aufruf gegen Religion sein, im Gegenteil, es ist ein Aufruf, den wahren und gemeinsamen Kern aller Religionen zu erkennen, und die hinzugefügten Manipulationen, die zur Unterdrückung eingesetzt wurden und werden, abzustreifen.

Mary-Catherine

Mary-Catherine Pinot war in einer ungewöhnlichen Familie aufgewachsen. Ihr Vater war ein englischer Schiffskapitän mit dem Patent für die große Fahrt. Ihre Mutter eine Französin, eine dunkelgelockte Schönheit, wohlhabend, unabhängig in ihrer Denkweise und gelernte Architektin.

Die ewige Auseinandersetzung zwischen Franzosen und Engländern hatte in dieser Verbindung zu einem Waffenstillstand geführt, dessen Resultat Mary-Catherine war. Die Familie lebte in England in einem Haus, das ihre Mutter geerbt hatte. Der westliche Flügel des Hauses war von ihrer Mutter zu der Pension `Highcliff House´, über den Kliffs von Cornwall, umgewandelt worden war. Nämlich eines Tages war Tony, ihr Seemann, nicht mehr zu seiner Familie zurückgekehrt. Ob die See ihn geholt hatte, der Teufel oder Beide, blieb offen.

Durch ihr fröhliches Klavierspiel kam die kleine Mary-Catherine hier nun mit Touristen und Geschäftsreisenden vornehmlich aus England, aber natürlich auch aus Frankreich, Italien, Deutschland und von überall her in Kontakt. Sie lernte deren Sprachen so flink, wie sich Altersgenossen gute oder auch schlechte Angewohnheiten zugelegt haben mögen.

Mary-Catherines Musikalität und Mehrsprachigkeit stellte sich bald als großer Vorteil heraus, den sie später auch beruflich als Konzertpianistin und Simultandolmetscherin zu nutzen wusste.

Sie lernte aber nicht nur die Sprachen zu sprechen, sondern sie erfuhr auch die verschiedenen Meinungen, die mit Worten dieser Sprachen vertreten wurden. Ihre beiden Berufe brachten sie später auch mit einflussreichen Persönlichkeiten wie Wirtschaftsbossen und Politikern zusammen. Das half ihr, zu einer unabhängigen Meinung über Zusammenhänge in der Welt zu finden, und so, außer vielleicht der Datums- und Zeitansage, den Veröffentlichungen in den Medien, auch nur den geringsten Glauben schenken zu müssen.

Die Entscheidung

Entgegen nun den Längsdenkern, die sich wahrscheinlich ohne Ausnahme den fremden Einflüssen während der plötzlichen undinglichen Existenz willig hingeben würden, stand unser Geist dem Mainstream schon immer misstrauisch gegenüber. Die Ausrede, man habe keine andere Wahl gehabt, ist ihm fremd.

Er will eine eigene Entscheidung treffen. Das ist für ihn nicht längs- oder quer- sondern geradeaus gedacht, logisch und folgerichtig.

In einer Verwirrung muss eine eigene Entscheidung getroffen werden!

Und der Geist tut gut daran. Denn trotz der Fähigkeit, überall zu sein, entscheidet er, an dem Ort aufzuscheinen, den er selbst schon früher einmal bestimmt hat, als er noch eine Frau namens Mary-Catherine Pinot verkörperte.

Ein vertrauter Ort

Unser Geist ist zu diesem Zeitpunkt frei, aber verwirrt, und während ihn Fremdangebote unmissverständlich auffordern, entschließt er sich, nicht mitzumachen. Stattdessen entscheidet er, da zu sein, wo es ihm zumindest vertraut ist, einem Ort, wo er sich gut auskennt, der ihm lieb ist, wo er sich sicher fühlt.

Es ist nicht das Haus in der Avenue Villemus. Dort ist noch alles zu gegenwärtig, gute aber auch viele ungute Emotionen mit ihren Männern zerreißen dort die Ruhe. Das ist nicht der Ort, den es jetzt braucht.

Was unvermittelt seine ganze Aufmerksamkeit einnimmt, ist das stolze, weiße Haus hoch über dem geschwungenen Strand von Falmouth in Cornwall, Südwestengland.

Das ist ihr vertrauter Ort. Es ist der Ort ihrer Kindheit und Jugend. Genaugenommen ist es die hölzerne, mit ihren vier kantigen Eckpfosten umrandete Veranda, auf der fünf geflochtene Sessel mit ihren von der Sonne vieler Sommer ausgeblichenen, blassroten Kissen zum Aufenthalt und Blick hinunter auf die Falmouth Bay einladen.

Diesen Ort nimmt der Geist ein und will sich erst einmal nicht mehr fortbewegen.

Die Einäscherung

Die Entscheidung, sich nicht fortzubewegen, ist für einen Geist, der überall sein kann, eine ungewöhnliche aber absolut wichtige Entscheidung. Jedenfalls wirft er hier auf der vertrauten Veranda seinen Anker, was bei dem Ausblick über die blaugekräuselte Falmouth Bay ein nicht weit hergeholter Vergleich ist. Hier will er sich beruhigen und den Verlust des Lebens, das er gerade aufgeben musste, verarbeiten.

Ein Streifzug durch die Räume des Hauses hilft hierbei, wobei er durch unbekannte, weil veränderte Zimmeraufteilung und Einrichtung ein starkes, wehmütiges Gefühl von neuerlichem Verlust durchleben muss.

Bis vor kurzem haben hier noch andere Menschen gewohnt, die aber jetzt das Haus verlassen haben, denn das Schild `For Sale´ steht an dem schmiedeeisernen Tor unter an der breiten Auffahrt.

Zwischendurch interessiert ihn, ob bei der Einäscherung auf dem Cemetière Saint Pierre alles ordentlich und respektvoll abläuft. Die Trauergemeinde ist zufriedenstellend groß, die blaue Urne, verglichen mit der Erhabenheit eines Sargs, überraschend klein, die Kränze zahlreich und tatsächlich wunderschön, denn alle Angehörigen wissen, dass die viel zu früh von ihnen gegangene Mary-Catherine ja Blumen so sehr geliebt hat. Die wiederholte Aufforderung, in Frieden zu ruhen, ist gut gemeint, aber wird vom Geist als wenig zielführend empfunden.

Die kleine Claire sieht in dem weißen Kleidchen unendlich süß aus. Sie hat wohl darauf bestanden, ihr Lieblingskleid anziehen zu dürfen. Sie ist ein weißer Tupfer in der schwarzen Trauergesellschaft.

Ein Umarmungsversuch geht ins Leere.

Erhabene Reden betonen die Vorzüge der Verstorbenen und lassen alles Weitere, was es noch zu sagen gäbe, weg. Zu bewegender Klaviermusik von Tony, ihrem verlorenen Mann, schön dargeboten, werden ausreichend Tränen vergossen. Er ist immer noch ziemlich attraktiv. Ein aufkommendes feindseliges Gefühl ihm gegenüber, ist schnell überwunden.

Pascal, ihr Flugingenieur, steht etwas abseits an einem Baum, schuldbewusst und verzweifelt. Ihn tröstend zu umarmen, gelingt auch nicht.

Ein verantwortungsvoller Mensch, aber besonders ein Daredevil, wie Mary-Catherine von Freunden, die ihre Waghalsigkeit kannten, genannt wurde, hat natürlich rechtzeitig ein Testament hinterlegt. Ihr Besitz wird demgemäß ordnungsgemäß an die richtigen Familienmitglieder verteilt. Ihr Haus mit Garten soll Céline, ihre Mutter, mit Claire beziehen. Außerdem bekommt Clairchen den Steinwayflügel und den Schmuck, den sie schon immer so aufregend fand. Allerdings geschieht das zunächst noch unter dem Protektorat ihrer Oma.

Aber auch der Schmuck tröstet Claire überhaupt nicht, denn sie will einfach ihre Maman zurück.

Das geht aber nun nicht.

Nach einem langen Gespräch mit ihrer Oma will Claire ab jetzt jedes neugeborene Baby genau betrachten, weil sie ihre Mutter wiederfinden will. Ob richtig oder falsch, es ist zumindest ein kleiner Trost, weil es so etwas für sie zu tun gibt - Aktion, der Tod jeder Melancholie.

Langsam, sehr langsam, durch die großen Unterschiede zwischen der dinglichen Welt und der undinglichen Existenz, verblasst die emotionale Bindung selbst zu Claire, die nach ein paar Tagen wieder ordentlich in die Schule geht. Einmal lächelt sie sogar zusammen mit ihren Freundinnen über eine Schimpansenmaman, die ein kleines elternloses Kätzchen angenommen hat und es gegen den gutwilligen Wärter beschützend im Arm hält.

Durch den immer größer werdenden Abstand zu der dinglichen Welt, verschwimmt auch immer mehr ein Verantwortungsgefühl und die Verbindung zu den Menschen aus ihrem Umkreis, zu der Stadt, der Landschaft und allen Dingen, die Mary-Catherine lieb gewesen sind.

Alle Überlebenden und auch die Verstorbene haben mit den Anforderungen ihrer eigenen Existenz zu tun und wollen sie voranbringen.

Gegenwart

Nachdem nun das rückwärts ausgerichtete Denken, Fühlen und Wahrnehmen überwunden ist, weil alle Beteiligten wieder ihren Lebensfaden aufgenommen haben, kommt die Gegenwart auch für unseren jetzt wirklichen Freigeist zu ihrem Recht.

Er liebt es, von der Veranda aus über dem weiten, wogenden Meer zu sein, Cornwall als kleine Landzunge unter sich zu bringen, von der Tiefe eines fernen Meeres die glitzernde Oberfläche wahrzunehmen und über den steilen weißen Hängen eines Hochgebirges innezuhalten. Auch genießt er, seine letzte Umgebung, die Städte und Dörfer der Provence und vor allem Aix tief unter sich zu sehen, die Schönheit wahrzunehmen, ohne dort hinunter zu müssen. Alle Landschaften sind ihm vertraut und laden ihn ein, ob sperrige Felsklüfte, sandige Ebenen oder grüne Wiesen mit schwarzweißen Kühen und trockene Steppen wie hier unten gerade in Südafrika.

Auch sind jetzt Orte wie Königsschlösser und Burgen, Festsäle und die schönsten Opernhäuser und Konzerthallen, ja selbst brodelnde Sportarenen, Anziehungspunkte für seine körperlosen Reisen.

Er bleibt allerdings erdverbunden. Größere Distanzen zu durchmessen traut er sich nicht zu.

Er kann überall sein. Er selbst wird nicht wahrgenommen. Er berauscht sich daran, die gewaltigsten Bergmassive zu durchstreifen, genauso wie die elegantesten Suiten von Luxusresorts und die heruntergekommensten Behausungen in Bombolulu, dem Armenviertel von Mombassa, mit all seinen Farben und Lärm, wahrzunehmen.

Oder er verharrt einfach da, wo er ist, hält inne und nimmt wahr.

Nachdem der Geist die eine oder andere Zeiteinheit über so genussvoll gechillt hat, gemessen an den Uhren der dinglichen Welt, findet diese Art von Beschäftigung schließlich einen Sättigungsgrad.

Es kündigte sich etwas an.

Neues ist im Werden.

Und plötzlich weiß er, es ist Zeit, etwas Neues zu beginnen und dem Zauber des Anfangs zu vertrauen.

Der Freigeist

Es wäre ratsam, dem Wesen endlich einen Namen zu geben, denn mit Identitäten kennt man sich allgemein gut aus und kann sie erinnern. Aber vor einem Wimpernschlag noch war das Wesen eine ziemlich frühe Julia von Cera, dann ein unendlich erscheinender Fluss von Identitäten dazwischen, und eben noch eine Mary-Catherine Pinot, und wer weiß, wie sie in der nahen Zukunft heißen würde.

Ab diesem Zeitpunkt können wir ihn wirklich einen Freigeist nennen (wobei das Wort Seele auch passend wäre, aber diese Bezeichnung ist doch mit all zu viel Bedeutung belastet). Freigeist nennen wir ihn, weil er frei von der Belastung und Verantwortung eines Körpers ist. Noch erkennt er es für unwichtig, einen neuerlich fixierten Gesichtspunkt einzunehmen.

Er bewegt sich hier außerhalb des Universums von Zeit und Dingen. Hier ist die Allmacht der Zahlen, die jene Welt mit so viel Unnachgiebigkeit regiert, null und nichtig. Hier, wo der Staat, der jeden Vorwand nutzt, um seine Bürger zu katalogisieren, keinen Zugriff hat, denn hier kann er keinen Fingerabdruck nehmen, keinen Gentest, Iriserkennung oder die aktuelle Biometrie anwenden. Ohne Gesicht, Namen und dazugehörige Nummer, ist der Staat mit seinen Erkennungsdiensten total hilflos.

Hier funktioniert keine KI, denn hier herrscht die natürliche, unmittelbare Kreativität, die sich nicht der Vergangenheit bedienen muss. (Denn was hätte eine KI, eine künstliche Intelligenz, dem Neandertaler genützt? Sie hätte ihm dazu gedient, der vielleicht wirkungsvollste unter den Neandertalern zu werden. Aber er wäre niemals über den Urmenschen hinausgewachsen, denn eine KI, selbst die, die lernfähig ist, erlaubt kaum ein Querdenken - diese erfolgreiche

Methode, die dem Menschen so bahnbrechende Entwicklungssprünge gebracht hat. Deshalb wird auch keine KI dem heutigen Homo Sapiens dazu verhelfen, mehr sapiens zu werden. Aber mit böser Absicht eingesetzt wird er durch sie sicherlich besser zu domestizieren sein).

Außerdem wäre an dieser Stelle zu bemerken, dass alle Geräte und Instrumente, die nach intelligentem Leben in diesem Universum suchen, von der Erde weg ausgerichtet sind. Den Vektor sollte man zunächst einmal umdrehen, um unserer Welt, die uns hier auf diesem Planeten umgibt, mit unserer durchaus vorhandenen Intelligenz zu begegnen und vorrangig sie zu einem besseren Ort zu machen. Wenn das geschafft ist, kann man sich dann den Weiten des Universums widmen.

Die unmittelbare, natürliche Kreativität in ihrer reinsten Form, die allem Dinglichen vorauseilt, ist aber von der Fähigkeit eines Geistes abhängig - kann er es, kann er es ein wenig oder eher gar nicht.

Das Klavier

Und dann ist der Freigeist doch zurück im geräumigen Wohnzimmer in Falmouth, Cornwall. In der Ecke, von wo der Blick durch das Seitenfenster über die Veranda, über das abfallende Grün der Wiese, über das Kliff, hinaus zum gekräuselten Blau des offenen Meeres streift, hält er sich auf.

In dieser vertrauten Wohnzimmerecke steht das Klavier.
Sein Klavier!

Aufrecht, schwarz, stumm, und, wie immer in Erwartung, denn der schützende Deckel für die inzwischen vergilbte Tastatur wurde offensichtlich nie ersetzt. Die drei Messingpedale sind unpoliert aber doch bereit zum musikalischen Gasgeben.

Hier hat er sich als junges Mädchen durch Melodien hinaus zu ihren Sehnsüchten, den fernen, hoffnungsfrohen Horizonten, tragen lassen.

Der Klavierlehrer steht am Fenster.
Ein junger, attraktiver Klavierlehrer.

Das Bild von ihm als späteren Ehemann, Tony, schiebt er kurzerhand beiseite, weil das hier nicht hingehört.

Wie gewohnt, schlägt er einen Akkord an.
Nichts erklingt!
Neuer Versuch.
Nur der Klang in seiner Erinnerung schwingt durch den Raum.
Das Klavier bleibt stumm, und auch die Tasten bleiben unbewegt.
Vielleicht sind sie unbeweglich geworden. Durch lange Bewegungslosigkeit.

Der Freigeist will wieder der Sehnsucht nachgeben, der Sehnsucht, was jenseits von den enggesteckten Horizonten der Dinge zu erfahren ist. Seine angestrebte große Karriere als Konzertpianistin hatte er zu Gunsten seiner Familie aufgegeben. Dort will er wieder andocken. Dort gibt es unbekannte Ufer zu erschaffen, zu erreichen und zu erleben.

Dann weiß er es.

Es fehlen die dinglichen Finger. Nur darauf reagiert ein Klavier.

Die Tasten mit Absicht zu bewegen, das hatte der Freigeist nicht gelernt, auch ein neuerlicher Versuch, bleibt deswegen ein Versuch und bewegt die Tasten keinen Deut.

Die hierzu notwendige Fähigkeit steht nicht zur Verfügung!

Wo ist ihm diese Fähigkeit abhandengekommen? Warum hat er die Fähigkeit verlernt?

Es gibt etwas wieder zu erlernen, für einen Freigeist, der an sich alles können sollte.

Doch für jetzt braucht es Finger. Woher nehmen und nicht stehlen?

Finger möglichst mit Händen und dem Rest eines Körpers werden gebraucht, um Wirkung auf Dinge auszuüben, das ist klar.

In unserem Freigeist erwacht eine Art zielgerichteter Spieltrieb.

Unvermittelt, kaum geplant, befindet sich unser Freigeist im örtlichen Falmouth Community Hospital. Er kennt es durch einen Beinbruch als Kind. Rickey, der große Rappe, hatte die kleine Marie-Catherine abgeworfen, mehr weggeworfen, weil sie ihm wohl zu klein war. John, ihr Vater, hatte sie auf das Pferd gesetzt. Als Wiedergutmachung musste er seiner Frau einen übergroßen Strauß roter Rosen schenken.

Hier in dieser Ambulanz war dem rechten Bein der Gips an- und später, als die Rosen lange verblüht waren, wieder abgelegt worden.

In der Geburtsabteilung des Hospitals werden neue Körper geboren, allerdings, wie unser Geist feststellen muss, nur sehr kleine.

Größere Exemplare stehen nicht frei zur Verfügung.

Unser Freigeist sieht sich außerstande, einen schon größeren, fertigeren Körper herzustellen, einfach so, weil er es will. Das funktioniert aber nicht. Dazu fehlt ihm die Fähigkeit; aber funktionieren müsste es, denn ein Freigeist, der alles kann, für den sollte es eine Kleinigkeit sein, einen vielleicht fast ausgewachsenen Körper, also ein von ihm belebtes Bio-Teil, mit allem Drum, Drin und Dran nach vorhandener Blaupause von Vorlagen wie Michelangelos David oder der von Botticellis Geburt der Venus zu bauen. Dazu braucht es keine leiblichen Eltern, sondern nur die Kraft seiner Imagination, die Absicht es zu tun und die Fähigkeit es in die Tat umzusetzen.

Jedenfalls eine Konstruktion, die sich schon eigenhändig in der Nase bohren könnte oder feste Nahrung verwerten und Abfall eigenständig loswerden könnte, und vor allem den Stress der Schulzeit hinter sich hätte, wäre jetzt absolut zielführend und wünschenswert.

Das liegt aber leider außerhalb der Möglichkeiten dieses, unseres Freigeistes.

Die Übernahme

So muss er sich für den langen Weg durch die Instanzen wie Geburt, Kleinkind und Jugendlicher entscheiden. Ein erniedrigender, langer Umweg für einen Geist, der an sich alles kann. Die Aussicht auf das neuerliche Erlernen von Fertigkeiten, die er schon unzählige Male durchgemacht hat, fühlt sich an wie eine schwerwiegende Bestrafung.

Er muss es hinnehmen, denn Unwissen und in dessen Gefolge, die Unfähigkeit, das Gewollte in die Tat umzusetzen, werden eben bestraft.

Es ist der einzige Weg, der sich für einen Freigeist seiner Fähigkeit anbietet. Ein bereits tief ausgetretener Pfad liegt vor ihm.

Aber der erwachende Spieltrieb und die Zielsetzung, das Klavier wieder zum Klingen zu bewegen, macht die Entscheidung letztlich leicht.

Und so entscheidet der Freigeist, dass er einen dieser winzigen Lebewesen unter seine Obhut nehmen wird, ohne die Eigentümerin, die Mutter, zu fragen. Mehr stehlen als nehmen, denkt er bei sich. Schließlich sei es eine Notsituation, rechtfertigt er den bevorstehenden Diebstahl.

Sophie ist eine hübsche Brünette, der unser Freigeist den Vortritt vor den anderen zwei Frauen im Zimmer gibt. Die Auswahl macht er sich einfach, jetzt doch von einer ungewissen Hast getrieben. Er überprüft die Handys der Frauen, und ihm gefällt die Playlist von Sophie am besten: `The Lark Ascending´ von Vaughan Williams, `Spain´ von Chick Korea, `Fields of Gold´ von Sting und `You can leave your Hat on´ mit Jo Cocker, sind schnell überflogen und geben den Ausschlag.

Der Name Sophie Gardener steht auf der kleinen Tafel am Fußende des Bettes. Der Freigeist hält Wache am Bett von dieser Sophie, deren Geburt am 24.07. fällig ist. Das steht auch auf der kleinen Tafel.

Das war vor drei Tagen!
Sophie hat offenbar auf ihn gewartet.

Sophie verspricht eine passende Mutter zu werden. Auch vielleicht in Hinsicht auf das Klavierspiel und das Reisen, wie er es gerade gemacht hatte. Wobei ihm klar ist, dass er nicht fliegt, sondern immer gleich da ist, wo er sein will. Das würde nun aber mit einem Körper, auf den er aufzupassen hat, anders sein - jetzt muss wohl ordnungsmäßig mit Fluggeräten geflogen werden, aber als Bonus mit dem Wind im Gesicht.

Geburt

Bevor der erste Schrei erfolgt, ist unser Geist zur Stelle. Das erwartete erste Zeichen von Lebenswillen ist ein Protest gegen Kälte und das plötzliche Erstarren in so gut wie totaler Bewegungslosigkeit. Es ist aber schon eine Gemeinschaftsaktion unseres nun nicht mehr Freigeistes sondern Geistes zusammen mit dem Babykörper, übrigens, einem der männlichen Art.

Ab jetzt ist der Geist mit diesem Winzlingskörper zur Zusammenarbeit bereit. Der Körper ist natürlich für die Welt das Offensichtliche, und der wird deshalb auch professionell begutachtet, vermessen, gewogen und für lebensfähig erklärt.

Der Geist bestimmt aber, wer der Boss in der Beziehung ist, ohne Widerrede, die ohnehin nicht kommt. Das gemeinsame Ziel ist klar, die volle Funktionsgröße muss schnellst-möglich erreicht werden. Der Geist hat viele eigene Ziele, wie seine Kreativität und Phantasie, ferne Welten zu sehen und bisher ungedachte Gedanken zu denken und viele unerhörte Dinge zu bewirken.

Er will einfach leicht und flockig bleiben, ganz gleich, was jetzt auf ihn zukommt.

Vyvyan

Dann findet er sich in Allem behindert. Nichts funktioniert, wie er es will, und er schreit sein Unglück hinaus in eine Umgebung, die er nicht versteht, und die ihn nicht versteht.

Dann verstummt das Baby und schläft ein, weil es anstrengend ist, geboren zu werden.

Ein scheinbar unbegründetes Wimmern, Weinen bis hin zu herzzerbrechendem Kreischen und Schreien eines Babys sollte einem vermitteln, durch welch mentales und physisches Dickicht sich ein Kleinstmensch hindurcharbeiten muss.

Die frische Anmut eines Wesens allerdings, das mit einem kleinen, neuen Körper erneut durchstartet, löscht mit einem einzigen unschuldigen Augenaufschlag und dem kleinsten Lächeln alles kritische Denken und verzaubert die Welt um sich herum.

Obwohl Sophie und ihr Mann Julien über die Ankunft ihres Sohnes sehr glücklich sind, lassen sie ihn zunächst in Ruhe. Sie wissen, dass sich ihr kleiner Sohn zurechtfinden muss. Das geht am besten, wenn keine neuen Eindrücke zusätzlich verarbeitet werden müssen. Sie halten sich die ersten Tage mit allem zurück, was seine Verwirrung nur verstärken würde. Das heißt, sie lassen das Baby in seinem Bettchen im leicht abgedunkelten Zimmer liegen. Sophie füttert ihn und wechselt die Windel. Das ist alles, keine Anrede, kein helles Licht, wenig Geräusche und keine noch so sehr empfohlene Impfung. Nur eine große, wortlose und verstehende Liebe umgibt das Baby.

Dann aber, als seine Eltern nach ein paar Tagen bemerken, dass ihr Sohn sich seine neue Umwelt interessiert ansieht, müssen sie sich nicht mehr zurückhalten. Das, was jetzt das große Wundermittel für alle Beteiligten bedeutet, ist gegenseitige Liebe und Bewunderung auch mit Worten auszudrücken. Das hilft über all die anfänglichen Schwierigkeiten des Babys und auch von Sophie hinweg, die jetzt erfolgreich durchlebt werden müssen. Aber die große Freude über den kleinen, neuen Mann in der Familie durchwirkt das Leben von Sophie und Julien.

Sie einigen sich auf einen Namen. Das heißt, Sophie will ihren Sohn Leon nennen, den Löwenstarken, und Julien hält es mit dem alten Cornish-Namen Vyvyan, der Lebensfrohe, Lebhafte oder auch einfach nur `Das Leben´. Und so werden sie ihn Leon Vyvyan nennen, weil sie beide diese Eigenschaften, die für die Namen stehen, für ihr Kind postulieren.

Vyvyan soll sein Rufname sein, aber das Löwige wird er bestimmt auch brauchen.

Etwas zeichnet ihr Baby besonders aus, den ersten Schrei einmal ausgenommen, und das ist, dass es ausgeschlafene Eltern hat. Vyvyan hat seine Mom schnell daran gewöhnt, wann er Hunger hat, und wann er wie lange schlafen will. Das resultiert darin, dass Sophie die Uhr danach stellen kann, wann Fütterung und Windelwechsel zu passieren haben. Es geht alles ohne Geschrei und Gezeter über die tägliche aber auch nächtliche Bühne.

Da Vyvyan sich seine Mutter und somit auch etwas seinen Vater selbst ausgesucht hat, plagen ihn auch keine Ängste, dass sie ihn plötzlich wieder verstoßen oder ihm abhandenkommen könnten. Er ist sich ihrer sicher. Auch träumt er keine wilden Träume, denn hat er nicht zumindest sein letztes Leben einigermaßen verarbeitet und einsortiert? Da braucht es jetzt keine wilde Mixtur aus Dramatisationen von vergangenen Unglücken, Albträume genannt, mit denen sich viele andere Babys herumschlagen müssen.

Für sein noch schlummerndes Vorhaben, so schnell wie möglich, alles was es zu lernen gibt, in Angriff zu nehmen, ist es also ein Riesenvorteil, dass er seine Eltern nicht um ihren Schlaf bringt. Das hat nämlich zur Folge, dass die drei harmonisch zusammenleben und alle unbehindert voneinander lernen können.

Und Vyvyan hat trotz der etwas hastigen und dadurch recht limitierten Auswahlkriterien eine gute Wahl mit Sophie als Mutter und Julien als seinen Vater getroffen. Der Vater ist Direktor der Falmouth Art Gallery, und die Mutter führt ein kleines aber feines Hutgeschäft: "Sophie's Fashion Hats - You can leave your hat on".

Ein neues Zuhause

Trotz der angesprochenen Vorteile durchlebt Vyvyan die ersten Monate seines neuen Lebens ruhig, aber nicht unähnlich dem, was von Babys allgemein zu erwarten ist.

Die Familie wohnt in einem netten zweistöckigen Haus im weiten Bogen der Erisey Terrace über den Dächern von Falmouth mit Blick über den Yachthafen und die Carricks Roads Bucht. Das Haus ist leicht zu finden. Zwei Olivenbäume in ihren großen Steintöpfen verschatten die blaue Eingangstür und die in hellem Grauton gehaltene Hausfront mit den weiß abgesetzten Fenstern und Erkern. Eine hochstämmige Palme auf dem Nachbargrund nützt zusätzlich als weithin sichtbare Ortungshilfe.

Vom Schlafzimmerfenster aus kann man über die Dächer der Innenstadt, weiter unterhalb, den kleinen Rundturm mit seinen Säulchen und dem grünen Kupferhut erkennen, der es sich auf dem steilen Dach der Falmouth Art Gallery bequem gemacht hat.

Dort zwischen den Gemälden einer über Cornwall hinaus gehenden, und von der Fachwelt und den Einwohnern von Falmouth geschätzten Kunstsammlung, ist die Wirkungsstätte von Julien. Er liebt seinen Beruf, mit schönen Dingen zu arbeiten, und, wie er es lächelnd ausdrückt, sich mit den nutzlosesten Dingen zu beschäftigen, die aber zu den Wichtigsten im Leben der Menschen gehören. So ist ihm die Nähe des Museums zu seinem Haus höchst willkommen.

Juliens Frau Sophie genießt ihre Babypause. Während sie ihren Vyvyan versorgt, kann sie über die Dächer hinüber zur weiten, blauen Bucht blicken. Kleine weiße Segelboote, große Yachten bis hin zu einzelnen Kreuzfahrtschiffen, liegen dort nett verstreut vor Anker.

Vyvyans Kindheit

Für Julien und seine Frau bedeutet Erziehung ihres Sohnes, dass dieser die Fähigkeit selbstständig zu denken bekommt, damit er später nicht vor jedem gebildeten Menschen den Hut zieht.

Außerdem verfolgen Julien und seine Frau bei der Erziehung ihres Sohnes einen Grundsatz, der sich als sehr hilfreich herausstellt. Julien hat sich durch das Studium der Leben von Malern, deren Gemälde er in seiner Galerie ausstellt, eine Grundeinstellung angeeignet. Er findet, dass die Fähigkeit eines Künstlers, durch die Bildsprache zu kommunizieren, unmöglich mit dessen Tod erloschen sein würde. So hat er sich die Vorstellung zu eigen gemacht, dass der Geist über den Tod hinaus erhalten bleibt, aber das Instrument, durch das er sich ausdrückt nach einer ungewissen Zeit funktionsuntüchtig wird, ausfällt und verlassen wird.

Julien und seine Frau vertreten die Meinung, die sie allerdings mehr für sich behalten: nichts geht in der dinglichen Welt verloren, aber man kann verlernen, es zu finden.

Diese Vorstellung mündet in eine ganz praktische Anwendung bei der Erziehung von Vyvyan. Wenn dieser sich seine Kindheit zurückruft, hört er seinen Vater wiederholt sehr freundlich sagen, `Vyvyan, das machst du nicht zum ersten Mal, bitte versuch´, dich einfach zu erinnern´.

Also ist von Anfang an die Grundhaltung von Vyvyan die, dass er irgendwie weiß, wie er sich am Gitterbettchen hochzieht, stehen bleibt, ohne umzufallen, wie er sehr früh mit Hochgeschwindigkeit krabbeln kann, und wie er das Wort Mom aussprechen kann. Das gesamte frühe Lernen steht bereits unter dem Motto der Rehabilitierung von Fähigkeiten, die folglich nicht neu sind. So ist das Lernen mit ungewöhnlicher Geschwindigkeit und unmittelbar mit viel Spaß verbunden.

Das Baby und bald Kleinkind und Kind ist an allem interessiert, was ihn umgibt, angefangen mit seinen Fingern, und Füßen, aber auch die üblichen Mobiles, Kuscheltiere, mehrere Teddys, die unvermeidliche Rassel und dann bald alle verfügbaren Zieh- Drück- Schieb- und Steckgeräte. Auch der erste Übungscomputer wird mit Hingabe malträtiert.

Dank dieser Art zu lernen, lässt Vyvyan schnell seine Altersgenossen hinter sich, das heißt, er wird schnell ihr Anführer, weil er nicht nur ein Besser-Wisser sondern auch ein Besser-Tuer ist. So wird das Lernen zu schreiben und zu lesen in Rekordzeit geschafft. Nur mit dem Rechnen funktioniert es nicht so gut. Das scheint er wirklich zum ersten Mal zu machen; wahrscheinlich ist etwas anderes damit verbunden, was ihn hindert, das Spiel mit den Zahlen schnell zu erfassen?

Den durchschlagendsten Erfolg hat diese Lernmethode aber auf einem anderen Gebiet.

Und das ist so passiert.

Das Klavier I

In Sophies Hutgeschäft `You can leave your Hat on´ steht ein weißes Klavier auf einem kleinen erhöhten Absatz. Das steht da schon, seit sie das Geschäft von einer Boutique für Brautkleider übernommen hat. Es wurde bereits bei ihrer Vorgängerin selten bespielt, denn man benutzte es eher nur als Hintergrund für Fotos.

Da der Abtransport nach der Geschäftsaufgabe eher Kosten verursacht hätte, einigte sich Sophie mit der Eigentümerin, für ein paar Pfund das alte Klavier einfach dort stehen zu lassen. Seitdem nutzte Sophie das Teil auch wiederum als dekoratives Möbelstück, auf das sie den einen oder anderen besonders eleganten Hut mit seinem Schleier drapierte.

Als Sophie nach der Babypause wieder in ihrem Geschäft arbeitet, stellt sie ihren Vyvyan in seinem Maxi-Cosy neben den Sockelfuß und die 3 Pedale des Klaviers auf den Boden. Da hat sie ihn von allen Punkten ihres Geschäfts ganz gut im Auge.

Vyvyan wiederum kann von dieser leicht erhöhten Position seine Mom und ihre Kundschaft zwischen den Hüten auf ihren Holzständern immer sehen, wenn er nicht gerade die Augen geschlossen hat und schläft. Wenn er die Augen öffnet, hat er den Klaviaturboden über sich als einen festen Bezugspunkt, sozusagen als Dach, für seine Sicht auf das Leben um sich herum.

Eines Tages nun besuchte eine feine Dame mit ihrer zwölfjährigen Tochter das Hutgeschäft und sucht nach einem besonders schicken Teil für eine Hochzeitsparty. Während Sophie und die Dame sich auf die Suche nach einem Objekt der Begierde begeben, hat die Tochter Vyvyan unter dem Klavier entdeckt. Der möchte gerade eine Abwechslung vom Schlafen und Gucken haben und lächelt dem Mädchen entgegen. Die ist sofort begeistert und stellt sich als Grace vor. Vyvyan weiß, dass Namen Schall und Rauch sind und bleibt stumm, genau genommen, weil er noch gar nicht zu sprechen gelernt hat. Sein Lächeln verzaubert das Mädchen, und er hält ihren dargebotenen Finger fest. Grace wäre aber nun kein Mädchen aus gutem Haus, wenn sie nicht schon mit einem Klavier Bekanntschaft gemacht hätte.

Um den kleinen Mann zu beindrucken, öffnet Grace den Klavierdeckel und spielt ein paar Akkorde und die eine oder andere Tonfolge, die das alte Klavier eher missgelaunt und ungestimmt erlaubt.

Vyvyan fängt sofort in seinem Liegesitz an zu zappeln und dann zu weinen. Sophie und die feine Dame, gerade mit einem gewagt schrägen Design auf dem Kopf, eilen bei den ersten Klaviertönen herbei. Sophie nimmt ihren zappelnden Vyvyan aus dem Maxi-Cosi, um ihn zu beruhigen. Die feine Dame sieht strafend auf ihre Tochter, die, erschrocken, schnell wieder den Klavierdeckel geschlossen hat, aber die Töne nicht wieder einfangen kann.

Vyvyan will sich nicht beruhigen. Die feine Dame legt den Hut ab, entschuldigt sich und ihre Tochter, legt ein Visitenkärtchen auf den Empfangstisch, sie würde später noch einmal vorbeischauen und verschwindet mit ihrer Tochter aber ohne Hut.

Vyvyan braucht viele beruhigenden Gänge durch die Spaliere von Hüten, bis er schließlich doch einschläft. Das ist bisher sein größter Gefühlsausbruch gewesen, stellt Sophie fest.

Das Klavier II

Da Vyvyans Verhalten ungewöhnlich ist, teilt Sophie ihr Erlebnis am Abend mit ihrem Mann. Beide möchten begreifen, was da mit ihrem ansonsten so ruhigen Sohn passiert war. Das Klavier wird als wahrscheinlichster Auslöser bestimmt. Ob die plötzliche Lautstärke Vyvyan verstört hat, oder sonst etwas, was mit dem Klavier in Verbindung steht, wollen sie herausfinden.

Vielleicht haben die plötzlichen Töne ihm Bauchweh verursacht, ihn erschreckt oder was es auch immer war, sie wollen es verstehen. Am nächsten Sonnabend, nach Ladenschluss, soll Julien ins Hutgeschäft kommen.

Die letzte Kundin hat mit einem eleganten Kentucky Derby-Untertassenhut in der Tasche gerade das Geschäft verlassen, als Julien hereinkommt.

Die Versuchsanordnung ist dergestalt, dass Sophie sich mit Vyvyan auf dem Arm in die entfernteste Ecke des Ladens stellt. Julien soll eine Taste auf dem Klavier anschlagen, denn zu mehr reicht es ohnehin nicht bei ihm, und mehr wird im Augenblick auch nicht gebraucht.

Sophie bemerkt, dass sich Vyvyan beim ersten Klavierton auf ihrem Arm aufrichtet, den Kopf in Richtung Klavier wendet und seine Ärmchen dorthin ausstreckt. Julien sieht, wie die beiden auf ihn zukommen und fährt fort, die eine oder andere Taste zu drücken. Vyvyan will aber nicht auf die ausgestreckten Arme seines Vaters, sondern will direkt zu den Klaviertasten.

Dann nimmt Julien seiner Frau das Kind ab, greift dessen winzigen Händchen und drückt sie, zusammen mit seinen, auf die Tasten. Vyvyan kreischt vor Freude und kann nicht genug davon bekommen.

Es wird allen dreien klar, es muss ein Klavier ins Kinderzimmer, denn hier im Hutladen ist zu Geschäftszeiten ein mögliches Geklimper eher geschäftsschädigend. Noch am selben Sonnabend fährt Vyvyan mit seinen Eltern nach Wadebridge, keine Autostunde entfernt. Laut Google gibt es da das größte Klaviergeschäft in Cornwall.

Die Auswahl an elektronischen Pianos ist groß, auch für Kinder ab 5 Jahren. Für Babys gibt es hier nichts, außer vielleicht in der Kleinkinderabteilung. Der Verkäufer findet es zu früh, für ein Baby ein Instrument mit größerer Tastatur zu kaufen. Das finden Sophie und Julien nach einem kurzen Blick auf Preisschilder auch.

Der Verkäufer empfiehlt, es spielerisch zu versuchen, das Kind an die Musik heranzuführen. Da könne man nämlich viele Fehler machen. Die Spielzeugvarianten mit zehn bis zwölf bunten Tasten wären wohl das Richtige. Aus dem Maxi-Cosi kommen aber keine Zeichen, die auf irgendein Interesse an den Tuttönen dieser Geräte hindeuten würden.

Dann zeigt Vyvyans kleiner Zeigefinger ganz eindeutig in eine ganz andere Richtung. Dort stehen, hinten an der Wand mehrere Klaviere, richtig mit Holzgehäuse, so wie das im Geschäft seiner Mutter. Ein weißes ist auch dabei. Plötzlich wird Vyvyan lebendig. Da will er hin.

Der Verkäufer lächelt und holt einen goldenen Werbestern von einem der Klaviere, die darauf hindeuten, dass hier ein besonders günstiges Angebot wartet. In der Meinung, dass Vyvyan von dem Goldglanz angezogen wird, hält er ihm freundlich den Stern hin.

An dem ist Vyvyan aber überhaupt nicht interessiert. Es ist eindeutig. Das Kind will nicht nach diesem Stern greifen, sondern das Kind will zu dem großen, weißen Klavier.

Der nette junge Mann, jetzt wieder ganz Verkäufer, wendet sich an die Eltern. Gekonnt spielt er ein paar schöne Klänge und den Anfang vom Kinderlied 'If you're happy and you know it, clap your hands'. Sofort kreischt Vyvyan vor Freude und will aus seinem Liegesitz. Er quengelt so lange, bis er auf dem Schoß des Verkäufers sitzt, der das Kinderlied mit allen Strophen spielen muss. Sophie sieht ihren Mann an und dann wieder auf ihr Baby, und beide denken, woher er wohl das Lied schon wieder zu kennen scheint?

Vyvyan ist im Glück, er beugt sich immer wieder vor, und versucht, die spielenden Hände des Verkäufers zu fassen und die Bewegungen mitzumachen. So ein Teil will er. Das müssen seine Eltern und selbst der Verkäufer, dem jetzt ein ganz anderer Deal als gedacht vorschwebt, einsehen.

Von einem Moment zum nächsten springen bei den erwachsenen Beteiligten die finanziellen Vorstellungen von wenigen zehn zu mehreren tausend Pfund. Ein Mietkaufangebot glättet die Wogen der Diskussion über finanzielle Wagnisse. Aber über eine Stummschaltung mit Kopfhörern muss das Klavier unbedingt verfügen.

Grace und Vyvyan

Vyvyans Eltern haben entschieden, dass ihr kleiner Sohn das Klavierspielen wiedererkannt hat. Woher auch immer, aber da es noch unwahrscheinlicher ist, dass er es aus der Zukunft kennt, bleibt nur seine Vergangenheit als Ursache übrig.

So kommt nach einer schrecklich langen Wartezeit von zwei Wochen endlich ein weißes Klavier in all seiner stolzen Größe in das kleine Kinderzimmer von Vyvyan.

Die Eltern beschließen, ihrem Vyvyan jede Möglichkeit zu geben, seinen Drang zum Klavier zu unterstützen. Sophie erinnert sich an die feine Dame, deren Tochter, Grace die Initialzündung für Vyvyans Klavierbegeisterung gewesen ist. Ein Anruf und ein neuerlicher Geschäftsbesuch wird vereinbart.

Ab sofort wird Grace zweimal die Woche zum Babysitten zu den Gardeners kommen. Unerwartet schnell wird sie eine wirkliche Vertraute für Vyvyan. Für sich selbst hat sie das Klavierspielen neu entdeckt, wie ihre Mutter erzählt. Zusätzlich hat Charlotte, so heißt nämlich die feine Dame, auch ein sündhaft teures Hutmodell, einen Fascinator, gekauft. Diese luftig frechen, farbenfrohen Gebilde, die, den physikalischen Gesetzen nicht unterworfen, einer verwegenen Schönheitsidee folgend, das Haupt, vornehmlich englischer Damen schmücken.

Natürlich sind Vyvyans kleine Matschfinger noch nicht geeignet, die großen Tasten auf seinem Klavier zu drücken. Grace hat dann meistens das Baby auf dem Schoß und übt ihre Etüden, Hausaufgaben von ihrem, über so viel plötzlichen Eifer erstaunten Lehrer, und Vyvyan ist glücklich. So ist es das beste denkbare Spiel, denn alle Beteiligten gehen daraus als Gewinner hervor.

Auf Juliens Vorschlag, hat sich Grace angewöhnt, während sie ihre Etüden übt, immer laut auszusprechen, was sie tut, wie die Tonarten heißen und wie die einzelnen Töne genannt werden. Juliens Idee dabei ist, dass es Vyvyan hilft, sich zu erinnern.

Der wiederum erinnert nichts Spezifisches, eher indirekt, aber das Klavier und Musik überhaupt ist ihm so vertraut, dass er später, als seine Finger die Tasten drücken können, die Grundtechniken schnell und einfach lernt, die dazugehörigen Worte kennt und sogar anfängt, eigene Tonfolgen zu spielen.

Die Musik füllt einen Lebensbereich von Vyvyan aus. Es gibt aber viele andere Aktivitäten, die für ihn verführerisch und hoch interessant sind. Seine Eltern lernen schnell, dass Vyvyan nicht einseitig interessiert ist und auch begierig ist, mit den Kindern Fußball zu spielen, Klettergerüste zu erobern und auf seinem Computer nur durch Knopfdruck massenhaft Gegner zu vernichten.

Sehen ohne Augen

Die Sache ist neulich im Kindergarten beim Blindekuh-Spielen passiert. Natürlich kann Vyvyan mit verbundenen Augen sehen. Das hat er von Anfang an gekonnt. Das musste er nicht lernen. Es ist für ihn kein Thema. Aber für die anderen scheint das ein spannendes Spiel zu sein, sich mit verbundenen Augen nicht zurecht zu finden.

Jetzt ist Vyvyan dran, die Blindekuh zu sein. Margie, die Nanny, bindet Vyvyan das Tuch über die Augen, so dass er von seinen Körperaugen auf seine Art zu sehen umschaltet. Er sieht, wie und wo sich die Kinder verstecken, wie sie feixen und ihn versuchen zu irritieren. Zuerst will er sich gleich den nächst besten Jungen greifen, der hinter einem Schrank in die Hände klatscht, um ihm eine unnötige Orientierungshilfe zu geben. Vyvyan erkennt aber, dass dann sein Spiel schon zu Ende wäre, und er will auch seinen Spaß haben.

So hält er die ganze Gruppe am Kreischen und Lachen, weil er immer genau daneben fasst, auch wenn die Kinder immer mutiger werden, und er sie kaum noch vermeiden kann. Schließlich beendet er das Spiel, indem er dem rothaarigen Henry ordentlich auf die Brust boxt.

Er findet es aber nicht angebracht, Margie oder die Kinder in seine Art zu sehen einzuweihen. Es soll sein Geheimnis bleiben. An sich müsste es aber auch andere Kinder geben, die selbst sehen können, denkt er.

Vyvyan findet es trotzdem spannend, dass wohl die meisten Kinder nur ihre Körperaugen zum Sehen benötigen, ansonsten würde es ja das Spiel Blindekuh gar nicht geben. Das will er gleich einmal mit seinen Eltern ausprobieren. Beide können ihn mit ihrer Augenbinde nicht finden. Aber es verwundert sie, dass er sie trotz Binde im ganzen Haus nicht suchen muss, sondern unerwartet schnell findet.

Julien hat dann im Internet gelesen, dass Kinder diese Fähigkeit bis zu einem Alter von ca. 12 Jahren lernen können. Danach würde diese Fähigkeit unter den Anforderungen logisch und rational zu denken, verschwinden. Das Sehen ohne Augen wurde aber in dem Bericht entweder grundsätzlich angezweifelt oder wissenschaftlich mit allerlei gewagten Thesen über die Arbeit des Gehirns begründet.

Ihr Vyvyan erzählt seinen Eltern ganz einfach, dass er das Sehen übernimmt und dazu eben keine Körperaugen braucht. Das macht seinen Eltern Sinn, denn, wenn etwas einfach ist, dann hat es etwas Wahres an sich. Alle drei beschließen, kein großes Tamtam um die Sache zu machen. Vyvyan will es sowieso für sich behalten.

Sophie und Julien sind sich einig, es ist wie mit einem selbstfahrenden Auto. Es nimmt dem Fahrer, der nun nur zum Passagier geworden ist, unter anderem, die Fähigkeit sich zu orientieren durch einen Navigator ab, und die Sehfunktion wird von ihm auch nicht gebraucht. Er vertraut der Technik, bis zu dem Punkt, an dem er seine Sehfähigkeit und Orientierung abwertet, und die Verantwortung dem Auto überlässt, das diese Funktionen sowieso besser beherrscht. So verlernt er, seine Augen zum Autofahren zu benutzen und obendrein verkümmert sein Orientierungssinn.

So ist es mit dem Geist und seinem Werkzeug, dem Körper. Der Mensch überlässt es schließlich dem Körper ganz, zu sehen. Junge Menschen haben noch kein Vertrauen zu ihrem Körper aufgebaut. Im Gegenteil, sie misstrauen ihm, weil er wenig von dem kann, was sie von ihm wollen. Durch das Lernen, mit ihm umzugehen, wächst ihr Vertrauen in ihn, und das Vertrauen zu sich selbst lässt in dem gleichen Maß nach. Die Teenies übergeben mit der Pubertät und der ganzen damit einhergehenden emotionalen und physischen Verwirrung die Führung ihrer Wahrnehmung dem Körper. Das ist dann das Ende der wirklichen Wahrnehmung, worunter auch die Fähigkeit `Sehen ohne Augen´ fällt.

Die Existenz eines Geistes, einer Seele, ist wissenschaftlich, also zumindest in der augenblicklichen Gesellschaft, mit der von Lobbyismus gelenkten Wissenschaften, die sich ausschließlich auf das Dingliche beziehen, nicht zu beweisen. Man kann sie weder mit den Körperaugen sehen, wiegen und sonst wie vermessen und unter ein Mikroskop zwängen. So bleibt der Alles-Verursacher hinter dem, was er kreiert, verborgen.

Der moderne Mensch lässt bestenfalls seine Seele baumeln, wie er sich ausdrückt. Er entspannt sich. So ist das Wort, zwar missverstanden, doch zumindest noch nicht aus dem Sprachgebrauch gerutscht. Doch zwischen dem Wissen, eine Seele zu sein, und der Vorstellung, eine solche zu haben, offenbart sich das ganze Dilemma des modernen Menschen. Seiner Meinung nach hat er, sie und neuerdings auch divers, einen Körper, man hat einen Verstand, und man hat eine Seele. Und wer, bitte sehr, ist man dann selbst?

Julien und Sophie sitzen an dem Abend noch lange glücklich beieinander, weil ihnen wieder klar geworden ist, was sie für einen tollen Sohn haben. Von dem können sie noch viel lernen.

Die Schule

In der Schule ist Vyvyan der perfekte Schüler, weil dort Papageien als höchste Stufe des Wissens verehrt werden. Einmal gesehen oder gehört, kann er es sich merken und ohne eigenes Dazutun wiedergeben. Er muss die eine oder andere Klasse überspringen, weil er den Lernstoff schon zu kennen scheint, und so die Lehrer nervt. Er hilft bei Hausaufgaben anderen Schülern, aber auch unerlaubterweise bei Klassenarbeiten, was ihm Verweise einbringt, aber andererseits sein Taschengeld aufbessert.

So ist die Schule als Ausbildungsort kein Spielfeld, das ihn wirklich fordert. Die Mitschüler und vor allem die Mitschülerinnen sind für ihn viel interessanter. Ihm gefällt, wie sich die Mädchen immer irgendwie schmücken, hier eine glitzernde Spange im Haar, da ein buntes Band am Fuß, eine glänzende Halskette oder Ohrclip.

Die Schuluniform soll sie zwar äußerlich alle gleich machen, aber das gelingt nur, wenn man sie sehr oberflächlich betrachtet. Mit den Jungen spielt er Fußball, läuft um die Wette, streitet sich und schließt Freundschaften.

Verglichen aber mit den Jungen sind die Mädchen für ihn wie ein besonderes Geschenk verpackt, das ihn geheimnisvoll anzieht. Zunächst ist das aber eher ein Geheimnis, eine Sehnsucht, deren Erfüllung er sich für später aufhebt. Die läuft ihm nicht davon. Den Schatz wird er heben, wenn das Thema dran ist.

Sein Hauptthema ist die Musik, die zieht ihn magisch an. Wie sich der Klang eines angeschlagenen Akkords, wie sich einzelne Töne zu Klanglinien vereinigen und aus dem Raum durch das offene Fenster hinaus in die Freiheit über die Carricks Roads Bay verflüchtigen, fasziniert ihn immer wieder von neuem. Er möchte später, wenn er die Kompositionstechniken beherrscht, nicht die Werke von anderen Klangmalern interpretieren, sondern er möchte seine eigene Sprache finden, seine eigene Klangwelt erschaffen, um seine Sehnsüchte zu befriedigen.

Das alles klingt für einen Siebenjährigen ziemlich abgehoben, aber das ist es, was er empfindet, obwohl er es noch nicht in Worte kleiden kann. Wie wir wissen, ist dieses Wesen aber älter als steinalt, und seine Absicht hat sich nicht gerade in diesem neuen Leben gebildet.

So ist für Vyvyan das tägliche Klavierspiel purer Spaß, denn er arbeitet an einer Zukunft, die er will und sich deshalb erschafft.

Die Reise nach Italien

Vor allem, wenn man die Kindheit aus einer zeitlichen Distanz beobachtet, vergeht diese wie im Flug, was schnurstracks auf ein anderes Thema in Vyvyans etwas späterem Leben führt.

Vyvyan ist gerade acht Jahre geworden, als seine Eltern beschließen ihren Urlaub und seine Ferien in Süditalien bei einem befreundeten Galeristen zu machen. Entgegen ihrer sonstigen Gewohnheit, mit dem Auto ihre Zielorte anzufahren, wollen sie, wegen der großen Entfernung von über dreitausend Kilometern, zum ersten Mal seit sie Eltern sind, mit dem Flugzeug reisen und nach Palermo fliegen.

Vyvyan ist schon während der letzten Fahrtzeit im Zug zum Heathrow Airport merkwürdig ruhig. Die Eltern lassen ihn in Frieden. Er wird seine Gründe haben und früher oder später damit rausrücken.

Und das tut er. Als sie nämlich bereits zur Abfluggate gehen, informiert er seine Eltern, dass er nicht mitfliegen wird. Sophie und Julien nehmen ihren Sohn und setzen sich erst einmal etwas abseits in die Wartezone, um die Angelegenheit zu besprechen, denn Kommunikation löst mit Vyvyan jedes Problem. Vyvyan aber ist ernst, weinerlich und bleibt dabei, er wird auf keinen Fall dieses oder ein anderes Flugzeug besteigen.

Seine Eltern begreifen, dass sie den Flug vergessen können, denn ihr Sohn ist dermaßen bestimmt, dass ihnen keine andere Wahl bleibt. Vyvyan gibt keinen Grund an, außer, dass er das Flugzeug nicht besteigen wird. Er ist richtig bockig. So haben sie ihn überhaupt noch nicht kennengelernt. Sophie umarmt ihren Sohn und zeigt ihm, dass die Familie zusammenhält, was immer passieren mag. Trotz der großen Enttäuschung verlassen die Eltern und Vyvyan das Flughafengebäude ohne Vorwürfe und fahren die vier Stunden mit dem Zug zurück nach Falmouth.

Der Freund in Palermo wird informiert, dass sich ihre Ankunft um fünf bis sechs Tage verschieben wird, denn sie werden jetzt doch mit dem Auto die lange Reise angehen und die Fahrt einfach genießen, denn auch dieser lange Weg kann ein Ziel sein. Glücklicherweise kann der Flug rückvergütet werden.

Die Autofahrt ist wirklich lang. Ohne es auszusprechen, kommen Julien, anfänglich häufig, Gedanken an den fünf Stunden dauernden Flug. Die Fahrt den ganzen italienischen Stiefel hinunter durch die schönsten Landschaften der Welt, wie er es dann aber ausdrückt, lässt die eher langweilige Flugreise in den Hintergrund seiner Gedankenwelt versinken. Sie finden für die vier Übernachtungen nette kleine Gasthäuser, und alle sind glücklich über die unerwartete Erlebnisreise.

Dann kommt nur noch die kurze Überfahrt nach Messina, und schon sind sie von der Schönheit und Hitze Siziliens eingefangen. Die E90 führt sie für gut zwei Stunden durch die hügelige Landschaft Nord Siziliens mit verheißungsvollen Durchblicken auf das prospektblaue Wasser des Tyrrhenischen Meeres.

Palermo

Francesca 15 und Carlo 13, die Kinder des Galeristen Lorenzo Neri und seiner Frau Chiara nehmen den kleinen Engländer Vyvy jeden Tag mit in die Buslinie 544 zum Lido di Mondello, dem Strand im Norden von Palermo, keine 40 Minuten von der Via Maqueda entfernt. Hier, in der Altstadt besitzen die Neri ein altes Haus, das Lorenzo mit großem Fachwissen renoviert hat. Im Erdgeschoss ist seine Galerie, und in den oberen zwei Stockwerken wohnt er mit seiner Familie.

Am späten Nachmittag, aufgeladen von der Sonne und dem Geschmack vom Salz des Meeres im Mund und Resten vom Strand in den Sandalen, setzt sich Vyvyan gewöhnlich an das Klavier im Gästezimmer, gleich neben der Dachterrasse, und spielt seine Etüden, aber auch schon kurze Tonfolgen, die vorher weder er selbst noch ein anderer gekannt hat, inspiriert von neuen Freunden in einer aufregenden Umgebung.

Julien und Lorenzo sitzen viel unten in der Galerie und sprechen über Kunst, die Welt und die Menschen in ihr. Da es Hauptsaison ist, muss Lorenzo in seiner Galerie zumindest ein paar Stunden anwesend sein, um seinen für diese Jahreszeit geplanten Umsatz zu machen. Sophie und Chiara besuchen derweil Gärten, Museen, Kirchen, Schuhgeschäfte und Straßencafés. Abends geht es mit allen zusammen in wunderbare Restaurants auf den Straßen von Palermo, allesamt Geheimtipps der Neri.

Vyvyans sonderbares Verhalten

An einem verregneten Morgen, ein Gewitter ist gerade durchgezogen, fragt Lorenzo Julien, warum sie so plötzlich ihren Flug gecancelt hatten, um doch die lange Reise mit dem Auto zu machen. Julien erzählt, wie die unvermittelte Weigerung von Vyvyan, in das Flugzeug zu steigen, ihn und seine Frau sehr erstaunt hatte. Man konnte aber seinen Sohn ja nun nicht zwingen, und so sei ihnen nichts anderes übriggeblieben, als mit dem Auto zu kommen.

Lorenzo erkundigt sich, wann ihr Sohn angefangen hatte, sich so sonderbar zu verhalten. Julien erinnert, dass Vyvyan sich nicht mehr am Gespräch beteiligt hatte, als sie in die Nähe des Flughafengebäudes kamen. Und solches Verhalten von ihrem Sohn, der fast zu lebhaft sei, wenn es so etwas für ein Kind überhaupt gibt. Er sei an allem interessiert und immer vornweg, wenn es etwas zu erkunden gilt. Lorenzo meint, dass er Vyvyan bisher auch so erlebt habe.

Lorenzo fragt, ob mit dem gebuchten Flug damals von Start bis Landung, alles klar gegangen sei. Julien meint, dass er an so etwas auch schon gedacht hatte, aber nein, da sei alles glatt gelaufen. Der sei pünktlich gestartet und gelandet, ohne Schlagzeilen zu machen.

Sie sollten mit Vyvy aufpassen, meint Lorenzo, dass der in der Schule nicht auf ADHS diagnostiziert wird und mit Psychopharmaka behandelt wird. Der Schüler, der zu schnell begreift und nicht die verschlafene Norm einer Erziehungsanstalt erfüllt, dem wird ein Krankheitsbild angedichtet, das behandelt werden muss. Das ist in Italien bestimmt nicht anders als in England. Sie hätten sich einer Gruppierung angeschlossen, die dagegen kämpft, Kinder mit Pillen zu entzappeln und dafür drogenabhängig macht. Sie hätten Francesca und Carlo jedenfalls bisher heil durch diese

Phase in der Schule bekommen, obwohl die beiden auch alles andere als angepasste Kinder seien.

Die beiden Väter sind sich einig, dass Vyvy einen berechtigten Grund gehabt hat, sich plötzlich anders zu verhalten und sich in sich selbst zurückzuziehen. Es könnte sein, dass er eine schlechte Assoziation mit Fliegen und Flugzeugen habe. Da der bisher aber keine Berührung mit Flughäfen und Flugzeugen gehabt hat, ist sein Verhalten zunächst nicht verständlich.

Auch sind sie sich einig, dass ein Mensch grundsätzlich alles erinnern können müsste. Nur etwas, ein bestimmter Vorfall, hindert ihn daran, es zu erkennen und dann aufzulösen.

Lorenzo will sich erkundigen, wie man Vyvy in dieser Sache helfen kann, damit die Gardeners das nächste Mal ein Flugzeug nehmen können, anstatt mit dem Auto über 2.500 italienische Kilometer für jeden Kilometer 7 Cent Pedaggi zusätzlich zum Benzin zu zahlen.

Wenn Vyvys Verhalten überhaupt etwas mit Flugzeugen zu tun hat.

Die Suche nach einer Lösung

Für den nächsten Mittwoch verabredet sich Lorenzo mit einem Freund, der auf dem alten Stadt-Flughafen Boccadifalco von Palermo seine kleine Privatmaschine stehen hat. Er wird eine englische Familie mitbringen, die sich für einen Rundflug über Palermo und Sizilien interessiert. Vyvyan wird nur gesagt, dass sie einen guten Freund von Lorenzo besuchen, der ganz in der Nähe wohnt.

Die Problemstellung wird allen schnell klar. Kaum biegen sie nämlich von der Via Guiseppe Pitré ab, um vor dem Aero Club Palermo zu parken, von wo man bereits mehrere Kleinflugzeuge auf ihren Parkpositionen sehen kann, als es los geht.

Vyvyan, der eben noch putzmunter war, meldet Kopfschmerzen an. Er will im Auto bleiben. Sie sollen ruhig ihren Freund sehen. Er hätte auch jetzt noch Bauchweh bekommen, und überhaupt sei er blöd gewesen, mitgefahren zu sein, anstatt Klavier zu üben. Lorenzo und die Gardeners steigen kurz aus, um den Freund über den Sachverhalt zu informieren, dass es mit dem Fliegen dieses Mal nichts wird.

Lorenzo und Vyvyans Eltern haben nun den Beweis. Sein Verhalten hängt mit Flugzeugen zusammen. Es gibt keinen Zweifel. Aus dem netten Jungen ist von einem Moment zu nächsten ein kränkelndes, missgelauntes Kind geworden.

Sie sind aber klug und geben Vyvyan Recht, dass es eine nutzlose Fahrt war, denn der Freund hätte sowieso keine Zeit gehabt. Auf der Rückfahrt zur Via Maqueda grummelt Vyvyan noch herum und sieht auch noch beklagenswert bleich aus, was bei seiner Sommerbräune gar nicht so leicht hinzubekommen ist.

Dadurch, dass er mit der Nutzlosigkeit der Fahrt im Recht ist, erholt Vyvyan sich doch schon recht bald. Zurück im Hause der Neri, läuft er gleich die Treppen hinauf ins Gästezimmer, und entferntes Klavierspiel nimmt sich der Stille des Hauses an.

Das Resultat einer Besprechung auf der Terrasse, die den Blick in den kleinen, gepflegten Garten öffnet, ist, dass sie jetzt während der Ferien, das Thema Flugzeug gegenüber Vyvyan nicht erwähnen werden. Wenn sie wieder zurück in England sind, wollen seine Eltern das Problem angehen.

Keine halbe Stunde von ihrem Haus in Falmouth entfernt, gibt es ein kleines privates Flugfeld. Julien kennt den Flugleiter, ein ehemaliger Pilot der Air Force, der vor einigen Jahren ein Gemälde eines Jagdflugzeugs, der berühmten Supermarine Spitfire, bei ihm gekauft hatte. Dort auf dem Perranporth Airfield soll das Experiment stattfinden.

Die Neri wie die Gardeners gehen davon aus, dass man jedes Problem durch Kommunikation im weitesten Sinn aus der Welt schaffen kann. Das beinhaltet als Hauptzutat, dass der richtige Ort, die richtige Zeit und die richtige Menge an Kommunikation angewendet wird. Und das alles zunächst aber auch später mit einem Minimum an Worten, also keine Diskussionen und Erklärungen, aber sehr wohl Fragen.

Chiara und Sophie kommen von einem Stadtbummel zurück und setzen sich zu ihren Männern. Beide bringen einen ganz wichtigen Aspekt mit in die Strategie, nämlich dass Vyvyan mit an Bord des Unternehmens geholt werden muss. Schnell sind sich alle einig. Ohne seine Initiative, etwas an seinem Verhalten verändern zu wollen, wird keine dauerhafte Verbesserung eintreten.

Angst ist kein guter Ratgeber

Auf der langen Fahrt zurück nach Hause finden seine Eltern einen richtigen Zeitpunkt, um mit Vyvyan beiläufig über Flugzeuge zu sprechen. Vyvyan gibt zu, dass es für ihn kein angenehmes Thema ist, aber dass er sehen kann, dass zu fliegen eine Fahrt abkürzen kann, aber er würde eine Autofahrt immer vorziehen. Wenn es aber einen Notfall gäbe, wo eine schnelle Hilfe wichtig sei, würde man natürlich ein Flugzeug benutzen. Damit lassen es seine Eltern erst einmal bewenden.

Bei der nächsten Gelegenheit, das Thema zu streifen, gibt ihr Sohn zu, dass ihm Flugzeuge Angst machen, Flugballons und Helikopter auch, aber nicht so sehr. Trotz gemeinsamer Suche, findet Vyvyan keine andere Sache, vor der er sich mehr fürchtet. Ihr kleiner Sohn, gerade mal acht Jahre alt, gibt zu, dass Angst kein guter Ratgeber ist, nachdem sie gemeinsam für einige Zeit Angstsituationen erfunden haben.

Am folgenden Tag, kurz bevor sie in den Eurotunnel fahren, sagt es Vyvyan. Er habe es sich überlegt. Er möchte seine Angst vor Flugzeugen loswerden. Das würde nämlich hinderlich sein, wenn er später auf Konzerttournees gehen würde. Seine Eltern versprechen nur allzu gern, ihm dabei zu helfen.

Perranporth Flugplatz

Kilian, der Flugleiter des Flugplatzes in Perranporth, einem Badeort an der Nordküste Cornwalls, ist eingeweiht und will helfen. Er kennt Leute, die mit Flugangst angekommen sind und später begeisterte Flieger geworden sind. Das Wichtigste ist, der Person genug Freiraum zu geben, zu einer eigenen Entscheidung zu kommen. Ehepartner, aber auch Eltern sind da die schlechtesten Ratgeber, weil sie aus Liebe zu sehr pushen. Das bewirkt aber leicht das Gegenteil.

Nachdem Kilian erfahren hat, wie sich diese Angst bei dem kleinen Mann äußert, schlägt er vor, nicht mit dem Flugzeug anzufangen, sondern ihn daran zu gewöhnen, an dem Flugfeld vorbei gefahren zu werden, bis ihm das nichts mehr ausmacht. Am besten nicht reden, einfach vorbeifahren, bis Vyvyan gelangweilt wird oder noch besser, darauf drängt, einmal auf das Flugfeld zu dürfen.

Dieser erste Schritt ist der längste und wird einige Geduld kosten. Der ist aber der Wichtigste, da werden die Fehler gemacht, meint Kilian. Und Schweigen ist hier besser als alles Gerede, zumal ihr Sohn ja geäußert hat, dass er selbst die Angst vor dem Fliegen überwinden will. Also Klappe halten, und wenn es sein muss, die Fahrt hundertmal machen. Was immer Vyvyan sagt, zeigt ihm, dass ihr ihn gehört habt, beteiligt euch aber nicht. Zeigt, dass ihr seine Freunde seid. Das genügt. Er wird wahrscheinlich aggressiv und ärgerlich werden und alle möglichen Krankheitsbilder haben oder auch einfach einschlafen.

All dieses Verhalten zeigt Vyvyan, aber es dauert erheblich kürzer als gefürchtet. Schon am zweiten Tag äußert sein Sohn, dass es langweilig sei, immer nur am Rollfeld vorbeizufahren. Er will jetzt die Sau bei den Hörnern packen, wie er sich ausdrückt, und muss selbst darüber lachen.

Dann ist der nächste Schritt einmal am Flugfeld anzuhalten und aus dem Auto auf ein dort parkendes Flugzeug zu sehen. Nach anfänglichem Interesse schläft Vyvan einfach ein.

Julien lässt ihn und besieht sich zum ersten Mal Kilians kleines Leichtmetallflugzeug auch genauer. Der hat ihm eine Liste von Bezeichnungen gegeben, die er mit Vyvyan durchgehen soll. Jedes dieser Außenteile soll Vyvan berühren, wenn er dazu bereit ist. Aber wann ist der dazu bereit? Sieh ihn dir genau an, dann wirst du es wissen, hat Kilian gesagt.

Nach etwa zehn Minuten schlägt Vyvyan die Augen auf, sieht sich um, als wenn er sich orientieren muss, blickt dann auf das Flugzeug dort drüben neben dem Rollfeld auf seinem Parkplatz. Er blickt es lange an, als wenn er es zum ersten Mal sieht. Er blickt und blickt, ohne etwas zu sagen.

Schließlich sagt er: „Du Paps, ich will mal rüber zu der Maschine gehen."

„Ja, mach´ das", sagt Julien freundlich, aber ohne seine Freude allzu sehr zu zeigen.

Er fährt durch das offene Tor in die unmittelbare Nähe zu Kilians Flugzeug, der es vorher extra aus der Halle geschoben hat. Vyvyan steigt aus dem Auto und geht hinüber zu dem Flugzeug. Julien bleibt im Auto sitzen und beobachtet, wie sein Sohn neben der Maschine stehen bleibt, dort wo die Tragfläche den Rumpf berührt, und man gewöhnlich in das Cockpit steigt.

Vyvyan steht bewegungslos da, und sein Vater hält den Atem an. Dann kommt eine kleine Hand aus dem Ärmel des Anoraks und berührt die silberne Aluminiumwölbung der Tragfläche. Er geht langsam um das Flugzeug herum und berührt die Rundungen der Außenhaut der Maschine.

Julien bleibt im Auto sitzen. Er will den Vorgang nicht stören. Dann sieht er, wie Vyvyan den Griff der Kabinentür greift, die Tür öffnet und ins Flugzeug klettert. Hoffentlich hat Kilian nicht den Schlüssel zum Anlasser stecken gelassen hat, denkt Julien.

Doch dann erleben Julien und der hinzugekommene Kilian etwas Sonderbares. Der kleine Mann sitzt zunächst stumm im Pilotensitz und rührt sich nicht. Die Männer stören ihn nicht, sie reden nicht einmal miteinander, weil sie fühlen, dass es ein wichtiger Moment ist, der Ruhe braucht.

Dann bricht es aus Vyvyan heraus, er lacht und lacht und lacht. Irgendetwas muss ihn zum unkontrollierten Lachen reizen. Julien guckt besorgt zu seinem Sohn und tritt näher an das Flugzeug, um ihm vielleicht zu helfen. Doch Kilian greift ihn am Arm und hält ihn zurück.

Schließlich hat sich der kleine Junge in dem Pilotensitz ausgelacht. Er strahlt und winkt den Männern zu, heranzukommen. Für Kilian sitzt da kein kleiner Junge, sondern jemand, der in den Sitz gehört und sich auskennt. Julien lacht nun auch befreit, denn sein Sohn ist nicht verrückt geworden. Im Gegenteil! Das teilt er sofort seiner Sophie mit, die im Geschäft bleiben musste.

Das Geständnis

Sie haben sich bestimmt schon mit der Frage beschäftigt, woher ich mich mit dem Leben der Julia von Cera und ihren folgenden Existenzen einigermaßen auskenne. Ich will es Ihnen in diesem Augenblick gestehen. Ich fliege gerade meinen LearJet 75 Liberty, 46.000 Fuß über Angolas Hauptstadt Luanda und muss es Ihnen hier und jetzt beichten:

Es ging die ganze Zeit nur um mich, Vyvyan Leon Gardener. Woher sollte ich es denn sonst gewusst haben?

Nur mein Erinnern ging rückwärts von Kilians Flugzeug auf dem Flugfeld von Perranporth in Cornwall. Dort, als ich hinter dem Steuerknüppel der APM 30 saß, habe ich bewusst den ersten Riss im Vorhang meines Vergessens vollzogen, zumal der Flieger vom Werk den Typennamen Lion bekommen hatte. Mein eigener Zweitname auf Französisch.

Alles war zum Lachen!

Von dort, damals noch als 9jähriger Junge, habe ich mich in den folgenden Jahren bis zu Julia von Cera zurückverfolgt.

Um Sie nicht zu verwirren, habe ich Ihnen aber meine Geschichte im Vorwärtsgang, also hin zur Gegenwart, erzählt. Denn hin zur Gegenwart und auf zur Zukunft ist alles gute Streben, hat einmal ein weiser Mensch gesagt.

Durch die Anwendung einer Technik des Erinnerns habe ich auf eine ganz unspektakuläre Art meine Unsterblichkeit begriffen.

Eine indianische Weisheit sagt, dass man einen halben Mond in den Mokassins eines anderen laufen muss, um ihn zu verstehen. Um mich selbst auch besser zu verstehen, habe ich das auf mich angewendet. Ich habe mich mit der Denkweise vertraut gemacht, dass ich auf meiner Reise durch die Zeiten, wahrscheinlich verschiedenstes Schuhwerk getragen habe - Fußsack, Holzschuhe, römische Militärsandalen, Schnabelschuhe, Musketierstiefel, Jack Boots, Soldatenstiefel, ja, wohl auch Sandaletten, Pumps und High Heels.

Sie werden kaum glauben, wie mir diese Selbstwahrnehmung zu Gelassenheit, Lockerheit und Erfolg in meinem Leben verholfen hat. Ich bin so weniger erpressbar und manipulierbar geworden - Eigenschaften, die ein Dorn in den Augen der Herrschaften mit den unguten Absichten sind.

Ich erinnere es, als wenn es gerade passiert wäre, als ich den ersten Vorhang zu meiner Vergangenheit auf dem kleinen Perranporth Flugfeld mit einem Knall zerriss. Ich nahm das Flugzeug wahr, ich erkannte es wieder und damit das ganze Geschehen, damals im Frühling, über und in den Weinbergen nordöstlich von Aix. Das ganze Geschehen war so traurig, dass es zum Lachen war.

Zum Erstaunen meines Vaters und Kilians war ich mit allen Teilen der Ultraleichtmaschine vertraut. Es war ein Flugzeug der Issoire Aviation, der gleichen Baureihe wie meine damalige `Lerche´, die ich am Weinberg bei Aix-en-Provence geschrottet hatte. Nur hier war es ein Viersitzer. Natürlich wusste ich deshalb die Namen aller Apparaturen im Cockpit. Die mir plötzlich wieder verfügbaren französischen Fachausdrücke übersetzte Kilian mit erstauntem Lächeln für meinen Vater ins Englische.

Mit meinem starken Drang zum Klavierspiel verhielt es sich etwas anders. Hier musste ich keine Vorhänge zu meiner Vergangenheit beiseiteschieben. Hier sind meine Absicht und meine Fähigkeiten nicht durch Verluste verdeckt oder verborgen gewesen. Hier konnte ich einfach dort weitermachen, wo ich unterbrochen worden war. Nach gründlicher Ausbildung in Klavierspiel und Komposition bin ich schon in jungen Jahren, kaum achtundzwanzig Jahre alt, zu einem recht bekannten Pianisten und international gefragten Filmkomponisten geworden.

Musikschulen

Hier treffen wir uns, Sie und ich, auf meinem Flug von London nach Kapstadt. Meine Eltern reisen diesmal mit mir und haben es sich in den breiten Sesseln der Kabine gemütlich gemacht. Sie wollen einfach mal wieder raus aus der Enge Europas. In Afrika erlebt man, was Weite und räumliche Freiheit wirklich bedeuten. Meine Frau Akofa sitzt bei ihnen und ihre Schönheit und ihr Lachen strahlt durch das ganze Flugzeug zu mir ins Cockpit.

Ich werde zuerst in Paarl, 50 km nordöstlich von Kapstadt eine meiner Schulen in Südafrika besuchen. Es ist eine spezielle Schule für blinde Kinder. Ihr Hauptfach ist, wie in allen meinen fünf Schulen, Musik. Die anderen Fächer sind wichtig, aber dem Musizieren untergeordnet, denn hier lernen sie spielend Selbstdisziplin, gewinnen Selbstvertrauen durch Kompetenz und öffnen so ihre natürlichen Fähigkeiten, miteinander und mit der Welt um sie herum, zu kommunizieren. Daraus folgen sämtliche andere Fähigkeiten, die sie in einer Schule lernen können und zum Leben brauchen.

Mein Hauptinteresse und das der zum Teil selbst blinden Lehrkräfte an dieser kleinen Schule besteht darin, die natürliche geistige Sehfähigkeit der Kinder zu unterstützen, zu entwickeln und zu fördern und über die Kindheit hinaus ins Jugendalter zu erhalten. Das funktioniert nur, wenn sie weiterhin die Geistigkeit ihres Lebens verstehen, erleben und ausbauen.

Mit etwas Übung sehen viele dieser Kinder weit mehr, als sich den Körperaugen darbietet. Und es gehört auch zu den Aufgaben der Lehrer, dass sich solche `sehenden´ Kinder nicht überheblich gegenüber anderen Kindern und Erwachsenen verhalten, die nur mit Körperaugen wahrnehmen und nicht sehen können, was gerade hinter dem Haus passiert oder um die Wegbiegung kommen wird.

Diese Kinder sind mir besonders nah. Denn habe ich nicht mit ihrer Art zu sehen selbst all das wahrgenommen, worauf ich jeweils meine Aufmerksamkeit gelenkt habe? Und ich benutze sie immer noch, wenn ich es als wichtig empfinde.

Neben der Kenntnis über die einzelnen Noten und ihre Bedeutung, den Basisbausteinen der Musiksprache, hat die Definition der Wörter, also den einzelnen Bausteinen der Wortsprache, einen besonderen Stellenwert in meinen Schulen. Genau zu wissen, was ein Wort bedeutet, ist die Grundlage von jeglichem Verstehen. Das macht erst eine Kommunikation mit Sachgebieten und Dingen möglich und befähigt zu einer wirklichen Kommunikation zwischen Menschen, die in Verstehen mündet.

Afrika

Natürlich gebe ich neben administrativen Aufgaben auch Konzerte in Südafrika. Am liebsten mache ich das draußen auf dem Land in kleinen Kommunen. Die Leute transportieren dann ein Klavier, wenn es geht, auch einen Flügel (hoffentlich einigermaßen gestimmt) von irgendwo her, zum staubigen Dorfplatz, bauen eine Bühne mit einem Zeltdach, ein Schlagzeuger findet sich immer, der seine Trommeln aufbaut, und schon geht es los, meistens vor Hunderten von Menschen, die sich aus einer scheinbar unbewohnten, weiten Steppenlandschaft kommend, in kurzer Zeit versammeln. Hier funktionieren die Kommunikationswellen noch ohne Smartphones. Die Menschen sind selbst smart genug, um zu wissen, wo sich etwas abspielt.

Ich spiele dann ihre Lieder zum Mitsingen und meine Lieder, von denen ich weiß, dass ich sie erreiche und sie zum Wechselgesang einladen kann. Hier will mein Publikum nicht nur zuhören, hier wollen sie auch mittun, beitragen.

Die Dankbarkeit und Freude in den Augen der Kinder und aller Anwesenden, ihr Lachen, ja, ihre ständige Bereitschaft, ihre Situation durch ein Lachen aufzulösen und ihre rückhaltlos offene Herzlichkeit, haben mich von Anfang an tief berührt.

Gewöhnlich endet das Konzert in einer fröhlichen Tanzveranstaltung, wo sich auf der Bühne mehr Künstler zu einer Jam-Session einfinden, als sie Platz finden, und so weitet sich das musikalische Treiben auch vor und um die Bühne aus.

Die Menschen hier brauchen keine Unterstützung durch Hilfsorganisationen wie Big-Pharma, Big-Alkohol oder Big-TV, denn sie produzieren ihre gute Stimmung selbst. Ich fühle mich dann angekommen, ein Mensch unter Menschen, und wir sind allesamt guten Willens und kreieren die Kraft, um die Welt zu einem besseren Ort zu machen. Es ist die Kraft von uns selbst, die nicht nur Berge zu versetzen vermag, sondern überhaupt alles Dingliche bewirkt.

Spontan spiele ich auch in einem der legendären Jazzclubs von Kapstadt. Zum Beispiel der Amerikaner Joe Parker,`Joe The Trumpet´, hat vor 10 Jahren New York verlassen und sich hier eine Bar gekauft. Ihn kenne ich von einer Zusammenarbeit an dem Film `The Sun will Raise again´ in Paris.

Ein kurzer Anruf, dass ich in der Stadt bin, und am Abend sitze ich wahrscheinlich schon hinter dem Klavier in Joe´s Jazz Garden Club in der Long Street, den Atlantik vor mir und den Tafelberg als Rückendeckung.

Wenn es ginge, würde ich nur hier leben wollen, aber die nötige Energie, sprich das Geld für meine Vorhaben, muss ich noch in der Welt der alten Metropolen verdienen. Da steht, wie ich meine, aber auch schon eine gewaltige Veränderung bevor und das in gar nicht so ferner Zukunft.

Die Zukunft

Keiner kennt die Zukunft, außer dem, der sie selbst macht. Ich werde Sie jetzt verlassen, weil ich alles, was ich als wichtig für meinen bisherigen Werdegang erachte, mitgeteilt habe. Den Grundstein für mein Leben habe ich damals gelegt.

Damals, in meiner undingleichen Existenz, zwischen meinem durch einen Crash zwischen den Weinbergen von Südfrankreich verlorenen Leben und einem Restart in Südengland. Ich ließ mich nicht davonreißen und behandelte den scheinbar unwiderstehlichen Sog zu einer Fremdkontrolle mit einem Gegengift, nämlich etwas Eigenem, etwas nur mir Vertrautem: ich kehrte damals zur Veranda meines Elternhauses über den Kliffs von Falmouth zurück. Dort blieb ich zunächst vor Anker, bis der Verlust meines letzten Lebens ausgeklungen war.

So konnte ich mich schließlich ungezwungen an die Gestaltung eines neuen Anfangs machen. Weil ich dem hypnotisch aufgezwungenen Vergessen, der großen, niederträchtigen Löschtaste, entgangen war, konnte ich mein letztes Leben und auch das einiger früherer Existenzen, für mein gegenwärtiges Leben verwenden. Wie bereits gesagt, ohne das große Vergessen ist das Leben therapeutisch, es lernt aus Fehlern und verwendet einmal Gelerntes.

Ich konnte und kann Dinge und Abläufe beschleunigt handhaben, weil ich davon ausgehe, dass sie mir nicht unbekannt sind und ich sie häufig nur zu rehabilitieren brauche. Meine Eltern waren mir in meiner Kindheit gerade in dieser Sache mit ihren freundlichen aber bestimmten Hinweisen sehr hilfreich.

Heute weiß ich, dass es so etwas wie unmittelbares Lernen gibt, das aus exakter Beobachtung, Durchdringen, Wissen und daraus folgender Anwendung besteht.

Aber alle Gedanken und Schlussfolgerungen sind irreführend, null und nichtig, wenn sie nicht mehr Lebensspaß für mich und alle, mit denen ich in Berührung komme, bedeutet. Die Freude am Erschaffen ist die größte Freude. Und das gemeinsame Erschaffen kann durch Musik zu ganz besonderen Freuden führen.

Das hohe Lied singe ich auf die Kinder dieser Welt, denn sie sind mit ihrem Lachen und ihrer Freude zu spielen und Neues zu gestalten, der Geistigkeit noch eng verbunden und sind deshalb unter anderem auch noch fähig, zu sehen, ohne den Körper zu benutzen. Und darin sollten wir uns alle üben, gleich welchen Alters.

Der Geist, die Seele, wie immer Sie wollen, benutzt einen Körper als Hilfsmechanismus. Das sollten wir nicht zur Gewohnheit werden lassen und nur ihn trainieren und nur für Ihn Verantwortung übernehmen. Dann und wann sollten wir uns einmal trauen, direkt wahrzunehmen, zu erleben und Spaß zu haben. Alles braucht Übung, auch das richtige Denken, das dann zum richtigen Tun führt. Richtig und Falsch erkennen wir nämlich alle sehr gut, auch wenn die Erkenntnis darüber häufig sehr zeitversetzt eintritt.

Aus all dem habe ich die Erkenntnis erlangt, dass ich selbst für meine Probleme die Lösung bin. Indem ich anderen helfe, ihre Fesseln zu lockern, entfessele ich mich selbst, wie einst der große Entfesselungskünstler Houdini. Die Musik ist mein Hebel, mir und anderen dabei zu helfen, über den Tellerrand des Dinglichen zu schauen und neugierig zu sein.

Wir alle sollten als geistige Wesen das Universum der messbaren Dinge, des Raumes und der Zeit, nicht missbrauchen, unmäßig verehren, nicht bekämpfen oder verfluchen, sondern als Verbündeten betrachten, um unser übergeordnetes Ziel eines friedlichen, zivilisierten Miteinanders der Menschen zu erlangen und allesamt Spaß zu haben.

Wir alle werden als Erben der Gesellschaft, die wir durch einen Körpertod mit soviel scheinbarer Endgültigkeit verlassen, erneut auf der Bühne des Lebens auftreten.

Leben Sie wohl und Auf Wiedersehen.

Ende

Strophe 2

Urlaubsgestaltung eines Freigeistes

Strandgut

Es war einmal ein Geist, der kam von weit und ganz woanders her. Es war ein wirklicher Geist, der ohne weißes Bettlaken oder ähnliche Zusätze auskam. Er hatte keine spezifische Identität, keinen Namen, keine Finger, von denen man Abdrücke nehmen konnte, nichts, was eine Behörde brauchen würde, um ihn zu lokalisieren, ihm eine Steuernummer zu geben, ihm Wahlunterlagen oder einen Einberufungsbescheid zu schicken, oder ihn an der Grenze gleich wieder dorthin zu schicken, von wo er herkam.

Um diesem Unbenennbaren der Einfachheit halber trotzdem einen Namen zu geben, machen wir es männlich und nennen es 008, denn zweifelsfrei hatte 008 mehr drauf als der Agent seiner Majestät. Genau genommen war er ein Nichts, aber dieses Nichts verfügte über kolossale Fähigkeiten. Er wusste, wer er war, und das genügte ihm.

Er wollte einmal weg von den Automatismen seiner elektronischen Gesellschaft und wollte sich einer einfach strukturierten Zivilisation zuwenden. Er wollte sozusagen Urlaub machen, so wie es Wesen überall im Universum machen, um fern von ihren Briefkästen das einfache, anspruchslose Leben zu suchen.

Ob er sich im Universum vernavigiert hatte, und deshalb gerade auf diesen Planeten hereinfiel, soll an dieser Stelle nicht erörtert werden. Jedenfalls hier angekommen, tat er sich allenthalben und ausgiebig in der Gesellschaft um, was ihm leichtfiel, denn er konnte sein, wo und was er wollte. So konnte er unerkannt beeinflussen, eingreifen, hervorrufen und verschwinden lassen, was zu unerklärlichen Begebenheiten und ausgewachsenen Wundern für die Lebewesen führte, die von sich als Menschen sprachen. Er war nicht darauf aus, Gutes oder Schlechtes zu tun, denn von welchem Blickwinkel gesehen, stellt sich etwas als gut oder schlecht heraus? Er wollte einfach etwas bewirken, weil er es konnte und weil ihm das Spaß machte.

Der Entschluss

Zwei seiner Fähigkeiten wurden ihm aber schnell zum Problem. Er konnte in dieser schlichten Umgebung nur gewinnen und blieb überdies unerkannt, weil die Mitglieder dieser Gesellschaft nichts Undingliches wahrnehmen konnten. Die letztere Tatsache machte ihn nicht froh, weil er es liebte, zu sprechen und angesprochen zu werden. Außerdem mochte er nicht nur maßlos bewundern, sondern mochte auch bewundert werden.

Das brachte ihn auf die Idee sich auch so ein Ding, so einen Begrenzer seiner ziemlich uferlosen Fähigkeiten zuzulegen, wie es alle Wesen hier um ihn herum ins Feld führten.

Da wo er herkam, brauchte niemand einen solchen biologischen Roboter, Körper, wie er hier genannt wurde, um erkannt zu werden und aktiv am Leben teilzunehmen. In dieser Umgebung war so ein Ding aber ganz offensichtlich absolut unerlässlich, um eine sichtbare Identität zu haben und fungierte als Eintrittskarte, um damit an den Spielen, die diese Gesellschaft spielte, teilzunehmen und eine faire Ausgangsposition gegenüber anderen Mitspielern zu haben.

Die Laufzeit für einen solchen Körper war im Bestfall mit ungefähr dreißigtausend Orbits (Umdrehungen des Planeten um die Bezugssonne) vereinbart, aber er konnte auch sehr viel schneller teilweise oder auch vollständig ausfallen.

008 hatte jetzt mehrere Möglichkeiten zu einem solchen Identitätsteil zu kommen. Er könnte sich einen stehlen, das hieß, eine gewaltsame Übernahme vorzunehmen, indem er den meist extrem machtlosen Eigentümer eines solchen Gerätes enteignen würde, was er aber gleich wieder verwarf, weil ihm die dazugehörigen Begleitumstände nicht gefielen. Er könnte sich auch einen Körper greifen, der gerade von allen guten

Geistern verlassen, nicht kontrolliert würde, weil dieser zum Beispiel gerade kaputtgegangen wäre. Das ganze Drama, das eine solche Situation voraussichtlich begleiteten würde, hielt ihn aber auch von dieser Beschaffungsmöglichkeit ab.

Mehr und mehr tendierte er dann zu einer Lösung, die darin bestand, keinen Bestandskörper zu nehmen, sondern sich einen Körper, zumindest zum größeren Teil, selbst zu bauen, sich also als echter Body-Builder zu versuchen. Um das Rad nicht total neu erfinden zu müssen, beschloss er, einen brauchbaren, belebten Körper ausfindig zu machen und von diesem eine Kopie zu ziehen. Er müsste ihn vielleicht in Details abändern und ihm so einen persönlichen Stempel aufzudrücken, damit es keine Verwechslungen und Konsequenzen hinsichtlich des Originals gäbe.

008 wusste, dass sich die Körper dieser Spezies in zwei Hauptkategorien unterschieden, und zwar in die kürzeren, schwachen und die längeren, starken Geräte. Jedenfalls betrachtete er die Angelegenheit so, wohl wissend, dass es hierüber sehr unterschiedliche Meinungen geben könnte. Zugegeben, manchmal durchkreuzten sich diese Kategorien, war es doch eine ziemlich willkürliche Unterteilung, aber grundsätzlich vereinfachte es die Sicht auf die Dinge.

Nach gründlicher Überprüfung von Körpern, die sich massenweise vornehmlich in Ballungszentren präsentierten, womit achtundneunzig Prozent des Planeten so gut wie unbewohnt blieben, entschied sich der Geist für das Schwache, das heißt, er war gewillt, sich für seinen weiteren Aufenthalt in dieser Gesellschaft einen Bio-Robot der schwachen, aber wie er fand, ästhetischeren Kategorie zu zulegen.

Es begann ein Abschätzen, Beurteilen und Vergleichen von Geräten der schwachen Spezies, der weiblichen Kategorie, wie sie hier genannt wurde. 008 wollte sich nicht vom Glanz der Persönlichkeit des Wesens (oder Mangel daran) beindrucken lassen, wozu er naturgemäß stark neigte, weil ihm gewöhnlich das Wesen einer Sache wichtiger war als deren äußere Form. Nein, es sollte ihm einzig und allein auf die äußere, ästhetische Wohlgeformtheit einerseits, andererseits aber auch auf die Gesundheit und allgemein physische Struktur und Beschaffenheit eines Körpers ankommen. Das Innenleben würde er dann schon mit viel Esprit selbst übernehmen.

Vorbereitung zur Übernahme

In einer jungen Schönheit mit dem Namen Sophia, die er am Strand einer spanischen Ferieninsel verfolgt hatte, war er sich ziemlich sicher, dass diese Person das Muster für seinen Körperbausatz abgeben sollte. Hier, wo die meisten Menschen ihren Körper mit nur möglichst wenig Stoff bedeckten, war sie ihm sofort aufgefallen. Sie bewegte ihren knapp achtzehnjährigen Bio-Robot mit großer Anmut, obwohl sie gerade einem Verehrer mit schnippischer Kälte und schriller Stimme den Laufpass gegeben hatte.

Nach Überprüfung ihrer Familie wusste der suchende Geist, dass sie die Tochter des Fischhändlers an der Hauptstraße des Ortes war, und dass ihre Mutter, die in der Strand-Boutique Bademode verkaufte, auch noch als Schönheit durchgehen konnte, was er als eine gute Voraussetzung für die Richtigkeit seiner Wahl deutete.

Wie ihre Tochter gehörte auch sie zu den zwei Prozent der Menschen, die hell pigmentiert und natürliche, blonde Haare hatten und deswegen auffälliger waren als die achtundneunzig Prozent der schwarz und braun behaarten Menschen. Vor allem am Strand dieses Ferien-Resorts hatten die meisten Körper schwarze oder zumindest dunkle Behaarung und eine dunkle Pigmentierung.

Also blond, hellhäutig und dadurch auffällig, das wollte 008, das gefiel ihm, das versprach Aktion, weil sich hier die Starken mit den Schwachen in dauernder Jagd aufeinander befanden, und wer als auffälliger angesehen wurde als der Rest, um den drehte sich das Karussell der Begierden und Eitelkeiten besonders schnell. Wie gesagt, 008 hatte immense Fähigkeiten und lernte deshalb schnell.

Nach nochmaliger und eingehender Prüfung des Körpers seiner Beute, dessen Widerstandsfähigkeit und Unversehrtheit der Konstruktion und seiner inneren Organe, war er überzeugt, in diesem Exemplar sein Modell gefunden zu haben.

Zunächst stellte er eine exakte Kopie von Sophias Bio-Robot her. Dann hieß es Vorbereitungen zur Übernahme dieses neuen Körpers zu treffen, denn danach, würde die Existenz von 008 kaum noch irgendetwas mit seinem bisherigen Dasein gemein haben, etwa so, wie ein Raketenpilot, der auf ein Pferdefuhrwerk umsteigt, plötzlich und notgedrungen sehr viel über die Langsamkeit der Dinge erfahren wird. Das wusste der Geist von ähnlichen aber nicht so drastischen Übernahmen, wie es aber für sein Vorhaben in dieser Gesellschaft absolut notwendig war.

Um der Verantwortung für einen solchen Bio-Robot gerecht zu werden, musste es dauernd, von morgens bis abends und besonders bei Nacht beschützt und umsorgt werden, sonst würde man Gefahr laufen, dass es beschädigt, oder dass man es sogar gleich wieder loswürde. Denn anfällig waren die Geräte allemal.

Diesen Umstand nutzten einige wenige, aber dafür umso zielstrebigere Menschen auf diesem Planeten, um dauernd Situationen hervorzurufen, in denen sich verschiedene Gruppierungen, aus total nichtigen Gründen, die Körper massenhaft gegenseitig abtöteten und ihre Wohnorte plattmachten. Kriege nannten sie diese offenbar unerlässlichen Auseinandersetzungen, von denen sie anscheinend nicht genug kriegen konnten, und die sie total wichtig nahmen und nach deren Terminen sie sogar ihre gesamte Geschichte aufgezeichnet hatten.

008 lernte, dass es ratsam war dem Körper zuzuhören, wann und was er an Brennstoff brauchen würde, um betriebsbereit zu sein und zu bleiben, und was dieser besonders

fürchtete, wie zum Beispiel, intensive Wärme oder Kälte, zu hohe Beschleunigungen, zu wenig oder falsche Luft, das Fallen, das Umfallen, das Brechen von körpereigenen Teilen, Verrenkungen, übermäßiger Druck usw.

008 erinnerte das an seine Heimat, wo er vor gar nicht langer Zeit ein atemberaubend filigranschönes, schillerndes Luftschloss kreiert hatte und es gegen alle möglichen zerstörerischen Einflüsse und böse Absichten anderer hatte verteidigen müssen.

008 beschloss hier und jetzt, sich mit einem Körper trotz dessen imposanter Anfälligkeit anzufreunden und als lockeres Team gemeinsam für eine gewisse Zeit Spaß zu haben, wobei er natürlich der Boss war. Die umfangreichen Befindlichkeiten eines solchen Bioteils, müsste er mit seinen eigenen Absichten irgendwie in Einklang bringen, sonst würde es für ihn entweder keine Abenteuer geben, oder der Körper würde über kurz oder lang sang und klanglos verenden wie ein Fisch, dem man das Wasser vorenthält.

Wie er dem Problem der exakten Identität, mit Geburtsnamen, Geburtsdatum und den dazugehörigen Dokumenten, die auf diesem Planeten unumgänglich war, lösen könnte, war ihm noch nicht klar. Er vertraute darauf, dass ihm zu gegebener Zeit schon etwas einfallen würde.

Auch war er absolut zuversichtlich, dass er aus dem Körperspiel zur gegebenen Zeit wieder aussteigen könnte, wenn er der Sache überdrüssig wäre.

Duplikation

Seine Exkursionen entlang des weißen Strands waren erfolgreich. Keine zwei Kilometer oberhalb des Liegeplatzes seiner Auserwählten befand sich eine ansehnliche Villa mit eigenem Privatstrand und Bootsanlegesteg und dazugehöriger Motoryacht.

Der Eigentümer war ein einflussreicher Bankier älteren Datums, der nach dem Ableben seiner Frau hier allein residierte. Dass er diese, seine vierte und bisher letzte Frau ermordet hatte, aber vom zuständigen Gericht aus Mangel an Beweisen freigesprochen wurde, war für 008 kein Hindernis, versprach diese Tatsache doch, dass hier eine gewisse Aktionsvielfalt zu erwarten wäre. Er wollte sich aber merken, wo er die Einzelteile der Señora unter dem Schwimmbecken lokalisiert hatte.

Auf die Schnelle war kein anderes so vielversprechendes Haus hier am Meer auszumachen. Und schnell sollte es jetzt gehen, weil der Gedanke an die Kontrolle über einen so frischen, jugendlichen Hochglanzkörper schon einen ziemlichen Sog auf ihn ausübte, dem er sich nicht zu widersetzen gedachte.

Für einen Außenstehenden war es nicht leicht verständlich, weshalb sich der Geist 008 mit so viel draufgängerischer Unbedacht in die Nähe einer so verführerischen Falle, wie es ein Körper darstellen kann, freiwillig begeben wollte. Aber es war wohl sein unbekümmerter Spieltrieb, der ihn zu diesem gewagten Unterfangen motivierte.

008 benutzte den Moment, als sich Sophia, also sein Originalmodell, von ihrem roten Badehandtuch erhob und mit geschmeidig wiegendem Schritt über den Sand zum Wasser schwebte und nach kurzem Blick zurück und hinüber zu einem

jungen, muskulösen Exemplar der starken Kategorie, im Meer verschwand, gleich aber wiederauftauchte und mit gleichmäßigen Schwimmzügen das Ufer hinter sich ließ.

008 übernahm von dem Original die in vielen Jahren angelernte Fähigkeit, mit dem Körper umzugehen und ihn zu kontrollieren, denn dieses seiner Kopie anzutrainieren würde Tage dauern. Und wo er gerade dabei war, änderte er das glatte Haar des Originals in eine lockige Version, die leicht verwaschenen blauen Augen seiner Vorlage korrigierte er in ein sprühendes Blau, und den für seine Begriffe allzu schmalen Mund formte er in ein volles, feingeschwungenes Lippenpaar.

Die komplexe Vervielfältigungsapparatur, womit weibliche Körper hier ausgestattet waren, übernahm er einfachheitshalber wie vorgegeben, denn der gehörte zu dem Gesamtpaket einfach dazu. Diesen Mechanismus mit seinen umfassenden Konsequenzen müsste er ja nicht aktivieren.

Wenige Sekunden später schwammen zwei blonde Mädchen, die sich fast wie ein Ei dem anderen glichen, zurück zum Ufer. Allerdings lagen zwischen den beiden Schwimmerinnen etwa zwei Kilometer leicht gekräuseltes, mäßig interessiertes Meerwasser.

Als seine Kreation im weißen Einteiler dem Meer entstieg sah er, dass sie gut war. Doch nach kurzer Überprüfung befand er, dass die Kopie doch für ihn noch nicht gut genug war. Noch einige kleinere Korrekturen und Veränderungen waren notwendig. Dazu gehörte eine Begradigung der Zehen des rechten Fußes, und er stellte ihre Voice-Box einige Grade weicher und melodiöser ein. Diesen Apparat zusammen mit der Schaltung im Kopf legte er gleich für mehrere Sprachen aus, für Spanisch, weil das das Land ihres ersten Landgangs war, für Englisch, weil man sich damit in weiten Teilen der Gesellschaft verständigen konnte, und für Chinesisch, weil das in Zukunft eine wichtige Sprache sein würde.

Sein Markenzeichen als neuer Besitzer, setzte er in Form eines Muttermals mitten auf die rechte Backe ihres Hinterteils. Natürlich könnte man an so einem Exemplar endlos Verbesserungen vornehmen, aber er beschloss, es damit bewenden zu lassen.

Er legte den nassschweren Körper dorthin, wo das Meer mit seinen weichen, kleinen Zungen das weißsandige Ufer beleckte. Er nahm eine letzte Korrektur der Lage vor, sodass es tatsächlich aussah, als wenn dieses hübsch gelungene Gerät, wie Treibgut aus dem Meer an den privaten Strand von Senior Pablo-Miguel Martinez angeschwemmt worden wäre.

Die letzte Aktion, die 008, noch ohne irgendwelche dinglichen Zusätze, sozusagen als purer Geist, machte, war den Vorhang von Señor Martinez´ Schlafzimmer soweit aufzuziehen, dass diesem die Morgensonne direkt in sein gegerbtes Schlafgesicht fiel. Der wachte folgerichtig auf und verfluchte sich, weil er den verdammten Vorhang in der Nacht, betrunken wie er war, nicht geschlossen hatte. Er reckte sich und ging ans Fenster von dem aus er, wie jeden Morgen, den üblicherweise noch trüben Blick über das Meer, die Uferlandschaft und über seinen Strand streifen ließ.

Und da sah er sie.

Señor Martinez

008 übernahm die Kontrolle des Körpers des scheinbar leblosen, halb im Wasser liegenden Mädchens. Er dachte noch den Ausspruch, `Mögen die Spiele beginnen´, der ihm von irgendwoher zugeweht war und tauchte in sein Urlaubsabenteuer ein.

„Hola, Hola, Señorita!" Erst nachdem Señor Martinez etwas heftiger und besorgter an ihrer Schulter gerüttelt hatte, tat das Mädchen einen tiefen Seufzer, wendete leicht den Kopf und öffnete schließlich ihre Augen, die von einem sprühenden Blau waren, wie es der Mann noch nie gesehen hatte. Sofort hatte er die Rechtfertigung gegenüber allen möglichen Einwänden parat, dass Strandgut, welch passende Bezeichnung, dem gehört, der es findet. Aber niemand machte ihm den Fund streitig.

Wundersamer Weise konnte sich das Mädchen erheben, obwohl sie noch nicht bereit war, auf seine Fragen zu antworten. Sie lehnte sich haltsuchend an ihn, und er umfasste sie hilfsbereit. Er bot ihr an, sie zu seinem Haus zu führen, und dieses blonde Wesen, das aus einer anderen, wahrscheinlich besseren Welt an seinen Strand geschwemmt worden war, nickte und sah ihn dankbar an. Sie verstand ihn nicht nur, sondern sie war einverstanden, stellte Senior Martinez begeistert fest.

Eine blonde Göttin hatte ihn aufgesucht, ihn Pablo, und sie hatte einen totschicken weißen Einteiler an, der ihren perfekten Körper eher betonte als ihn verdeckte. Er war aufgeregt wie bei seinem ersten Date, als er sie den Strand hinauf zu seiner Villa führte.

Nachdem sie meinte, dass ihre Anlandung und Sprachlosigkeit ausreichend für ein umfassendes Mysterium war, fing sie zunächst an, chinesisch zu reden, dann englisch und schließlich gab sie ihm auf spanisch Auskunft über das, was ihr zugestoßen war, beziehungsweise über das Wenige, woran sie sich erinnerte. Das war eine weiße Segelyacht und ein Mann mit einem ungewöhnlich großen Bart, der sie mörderisch bedrängte.

„Danach ist mein Film gerissen", sagte sie. Zwischen diesem Bild und dem Aufwachen am Strand gäbe es nur undurchdringliche Schwärze, genau wie alles andere, das zeitlich davorlag.

Señor Martinez kannte sich mit Ko-Tropfen aus, aber das Mädchen wäre unter deren Wirkung unweigerlich ertrunken.

„Pablo, Miguel Martinez." Er stellte sich mit seinem vollen Namen vor und fragte sie nach ihrem. Sie sagte, dass sie sich weder an ihren Namen noch ihren Wohnort, Alter oder sonst etwas ihr Leben betreffend erinnern könne, was nicht ganz der Wahrheit entsprach, denn sie hatte nie über diese Dinge verfügt.

Der Señor vermutete, dass ihr ein Schock diese Daten entrissen hätte, und er dachte nicht daran, ihren, ihm so willkommenen Filmriss, zu reparieren. Er war furchtbar beflissen, ihre Zuneigung zu gewinnen, denn ein unsäglich schönes Mädchen, das sich an nichts erinnern konnte und außer einem Badeanzug keine Habseligkeiten besaß, war ein Geschenk Gottes, der ihm, ohne ersichtlichen Grund heute so außerordentlich gewogen war.

Eine Frau ohne Vergangenheit

Anfänglich war er drauf und dran, seine Beute einfach zu missbrauchen, aber ihr Blick aus diesen verdammt blauen Augen, ließ ihn zumindest zum jetzigen Zeitpunkt davon Abstand nehmen. Das Wort missbrauchen hatte er ohnehin nie gemocht. Wie könnte man so etwas Schönes missbrauchen, wo es doch fertig zum Gebrauch unter seiner Dusche stand. Auch wegen einer eventuellen Minderjährigkeit war er außer Obligo, denn sie konnte ja keine Angabe über ihr Alter machen. Aber wie gesagt, er hielt sich zurück.

Stattdessen machte er ihr und sich einen großen Café con Leche.

Unter der Dusche riss das Mädchen das Etikett aus ihrem Badeanzug, denn das hätte leicht das Mysterium ihrer Herkunft zerstören und sie in Bezug zu der Strandboutique keinen Kilometer entfernt bringen können.

Als sich dann die schöne Fremde, seine schaumgeborene Venus, in dem Bademantel seiner letzten, leider viel zu früh verstorbenen Frau, auf dem Sofa räkelte, und ihn über ihre Kaffeetasse musterte, wurde es Señor Martinez klar, dass er dieses Mädchen nicht wieder hergeben wollte. Sie war auf ihn angewiesen, ohne Namen, Papiere, ohne Kleidung und ohne Gedächtnis.

Eine Frau ohne Vergangenheit, das war neu für Señor Martinez, und er musste sich erst einmal über die immensen Möglichkeiten aber auch Gefahren hinsichtlich seines neuen Eigentums klarwerden. Auf jeden Fall muss Besitz abgesichert werden, damit war er immer gut gefahren. Eines war ihm aber überdeutlich klar: die Behörden würde er nicht in diese Angelegenheit einbeziehen. Niemand sollte über die mysteriöse Herkunft dieser jungen Dame etwas erfahren.

Das Mädchen lebte im Augenblick, da es keine Vergangenheit kannte und sich die Zukunft erst planen wollte. Deswegen blieb es stumm, konnte aber mit Leichtigkeit beobachten und schlussfolgern, was in Señor Martinez' Kopf vorging. Sie trieb die Ereignisse zügig voran, indem sie einfach nur hübsch zu sein brauchte. Das fiel ihr ausgesprochen leicht.

Als nach ein paar Tagen keine Ansprüche auf das Strandgut angemeldet wurden einigte man sich, dass sie so schnell wie möglich einen Namen, Papiere, und alles was für eine ordentliche Identität erforderlich war, brauchte.

Das Wunderbare an der Situation war, dass diesbezüglich ihre beiden Absichten deckungsgleich waren, denn das Mädchen brauchte eine Herkunft, um agieren zu können, während Señor Martinez ihr möglichst schnell eine neue geben wollte, um der Aufdeckung eines möglichen Schwindels zuvor zu kommen. Als Pragmatiker war er letztendlich doch nicht total überzeugt, dass das Mädchen von überirdischer Herkunft war.

Um die rechtlichen Beweise ihrer Abstammung beweiskräftig zu gestalten, ließ Señor Martinez seine umfangreichen Beziehungen spielen. Im Gegenzug dafür musste sie aber auch ihre Beziehung zu ihm vertiefen. Ihr dafür notwendiges Entgegenkommen verstand er als ausgleichende Dienstleistung.

„Gut, abgemacht." Das gestand sie ihm zu, ohne zunächst zu wissen, was im Einzelnen damit verbunden war. Nach kurzem Gerangel auf dem Sofa wusste sie, was es damit auf sich hatte. Sie empfand keine Abneigung dagegen, verehrt zu werden, im Gegenteil und sie lernte schnell, wie es ihre Art war.

Sie fand, dass diese Betätigung von zwei Körpern durchaus ihren Reiz hatte, ja, es wäre erheblich ausbaufähiger gewesen, wenn nicht Señor Martinez ziemlich voreilig seine

Standhaftigkeit und Hingabe eingebüßt hätte. Sie wusste aber nun, dass sie über diesen Mechanismus nach Belieben Kontrolle ausüben konnte.

Marie-Li-Xia

Zusammen mit einem vertrauten Anwalt einigte man sich, dass das Mädchen eine achtzehnjährige, uneheliche Tochter von Señor Martinez sein sollte, die in China aufgewachsen war, und ein manipulierter Gentest belegte zweifelsfrei, dass Marie, Li-Xia wirklich Señor Martinez' Tochter war.

Da sie jetzt Familienangehörige geworden war, konnte sie ihm nicht mehr entkommen, was eine Geliebte jederzeit hätte versuchen können. Dass sie zumindest einmal einen Pflichtanteil seines Besitzes erben würde, war ihm bewusst, aber im Glanz ihrer Schönheit schmolz sein sonst so ausgeprägter finanziell motivierter Selbsterhaltungstrieb dahin.

Falls aber doch einmal ihre Beziehung unappetitlich werden sollte, was er sich beim besten Willen nicht vorstellen konnte aber, falls es doch einmal so werden sollte, könnte er den Gentest überprüfen lassen, der sich dann als falsch herausstellen würde, und er könnte sie als Betrügerin bloßstellen. Sie war so erpressbar, wie die meisten Menschen in seiner Nähe. Señor Martinez war ein Bankier, dem letztendlich nicht einmal die Schönheit dieses Mädchens heilig war.

Marie verstand Muggel, wie sie ihren Vater statt Pablo-Miguel nannte, als eine Art Trampolin, von dem aus sie sich mitten hinein in die Gesellschaft der nicht immer Schönen aber immer Reichen, hüpfend abstoßen wollte. Alle Versuche Muggels seine schöne Beute für sich im Haus und auf dem weitläufigen Grundstück zu halten, waren fruchtlos.

Schließlich war ihr erstes Betätigungsfeld der lokale Golfplatz. Nachdem sie dort die Fairways ein paar Tage lang zum Entsetzen ihres Trainers umgepflügt hatte, sah sie sich plötzlich in der Lage, den Schwung ihres Coaches exakt zu duplizieren. Damit hatte sie den Dreh raus und wurde als Wunderkind angesehen, das nach einer Woche die Platzreife spielte und nach weiteren zwei Wochen war sie eine Scratch-Spielerin, also jemand, der das unverschämte Handicap von 0 erreicht hatte, das auch ihr Coach spielte.

„Das ist meine Tochter, versteht ihr", sagte Muggel und war stolz, wie es sich für einen Spanier gehört, schließlich war sie die schönste und beste Junggolferin weit und breit. Er musste immer wieder erzählen, wie er seine Tochter in ganz China durch Agenten hatte suchen lassen, um Marie schließlich nach Jahren zu finden.

Böswillige Zungen, die vornehmlich Frauen gehörten oder auch einigen wenigen Männern, die sich keine Chancen bei Marie ausrechneten, munkelten allerdings, dass sie sich keinen Reim darauf machen könnten, dass ein so hässlicher, dunkelhäutiger Kerl eine so wunderschöne, blonde Tochter haben sollte, und dass da wohl eine Verwechslung oder Schlimmeres vorläge. Die männliche Welt im Allgemeinen allerdings war um sie herum in hektische Bewegung geraten und hinterfragte nichts.

Muggel spielte den Bewacher seiner Tochter und setzte gleich zwei Detektive ein, um jeden Schritt seiner Marie beobachten zu lassen. Diese aber war auf Abenteuer aus, und sie machte ihrer Anlandung in dieser Gesellschaft als Treib-und Strandgut alle Ehre. Señor Martinez sah zu seiner Verzweiflung, dass dieses Eigentum nicht treu und loyal war wie seine Geschäftspartner, sein Haus, seine Yacht, seine Banken in Madrid und seine anderen Besitztümer, sondern einfach nicht an die Leine zu legen war.

Marie war nun nicht eine junge Frau, die allen Offerten der Männerwelt nachzukommen gedachte. Sie entwickelte einen feinen Instinkt, dort anzudocken, wo sich das Schwungrad der Ereignisse schneller drehte als woanders. Sie lernte, dass

Enthaltung bezüglich intimer Verhältnisse mehr Spannkraft erzeugte als voreilige Hingabe, und so zog sie unter vollen Segeln ihre Bahn durch die aufgewühlte Männerwelt, ohne ihre Richtung zu verlieren, die Richtung auf die größtmögliche Wirkung und Aktion.

Marie will zum Film

Als Señor Martinez von seinen Detektiven erfuhr, dass Marie, entgegen seines Verbots, nach Madrid wollte, um bei einem Film eine kleine Rolle zu übernehmen, platzte ihm der Kragen. Er bestellte sie auf seine Yacht, und ließ den Kapitän ein Stück auf das offene Meer fahren. Er wollte ihr ein für alle Mal klarmachen, dass er ihr viel nützen aber weit mehr schaden könnte.

Marie hatte sich in einen Liegestuhl auf das Oberdeck gelegt, hatte beim Steward einen Cuba Libre bestellt und war so auf Muggels Drohgehabe vorbereitet. Er baute sich vor ihr auf und schnaubte: „Meine liebe Marie, verdammt noch 'mal, so geht es nicht weiter. Du willst dich offensichtlich nicht an unsere Regelung halten."

Sie fand, dass er in seinem weißen Yacht-Outfit, braungebrannt und mit dunkel gefärbten Haaren gar nicht so übel aussah. Allerdings das Schnauben und die damit verbundene Verzerrung seiner Gesichtszüge empfand sie nicht als vorteilhaft. Das wiederum störte ihn nicht, denn er wollte jetzt nicht gut aussehen, sondern wirkungsvoll sein. Sie wartete, bis er alle seine Trümpfe ausgespielt hatte, das heißt, dass er den Gentest, der sie als seine Tochter ausgegeben hatte, überprüfen lassen würde, um sie dann als Betrügerin bloßzustellen.

„Das wäre das Ende für Señorita Martinez und ihr flottes Leben. Verstehst du das", keifte Muggel. „Aber es gibt für uns beide auch eine sehr viel angenehmere Lösung des Problems. Aber ganz wie du willst." Er strich sich mit beiden Händen über seinen geölten Schnurrbart, was immer hieß, dass er glaubte, was er sagte.

Marie hörte sich seine Ansprache an, sog an ihrem Strohhalm und wollte sich trotz seines großen Engagements nicht fürchten. Stattdessen sah sie ihn aus samtweichen, blauen Augen an und ließ beiläufig Bemerkungen über ein paar Einzelteile seiner letzten Señora Martinez unter dem Bodenfundament seines Pools fallen.

„Und jetzt planst du eine Erweiterung dieses Verstecks, oder?" Sie blitze ihn direkt an. Señor Martinez wurde dermaßen schnell wieder zum zahmen Muggel, dass man förmlich rauchende Bremsspuren auf den polierten Mahagoni-Decksplanken zu sehen und zu hören vermeinte.

„Marie", brachte Muggel hervor und seine schmalen Schultern suchten sichtlich Halt in dem mit vergoldeten Knöpfen besetzten Blazer.

„Meine liebe Marie. Du weißt, ich habe dich vom ersten Moment geliebt, damals, als ich dich am Strand gerettet habe. Ich kann ohne dich nicht leben. Deshalb musst du bei mir bleiben, verstehst du? Du bist die erste Frau, die ich jemals geliebt habe. Ich bin doch dein Muggel, ja?" Er umarmte sie und küsste ihr auf die Wange, weil sie ihm ihren Mund im letzten Moment entzog.

Marie schätzte kurz ab, was an seinen Ausführungen richtig und weniger richtig war und erkannte, dass sie sich in seinem Leben doch ziemlich breitgemacht hatte, und dass er gewisse Rechte erworben hatte.

„Natürlich bleibst du mein Muggel, aber du musst mich jetzt auf meinem weiteren Lebensweg gehen lassen. Ich verspreche dir, dass du noch sehr stolz auf deine Tochter sein wirst. Du kannst sicher sein, dass ich Karriere mache, ja", sagte sie und umarmte ihn.

Muggel knurrte noch ein wenig aber musste einsehen, dass ihm unter den gegebenen Umständen im Augenblick nichts Anderes übrigblieb als zu nicken. Sie war offenbar doch überirdischen Ursprungs, denn wie konnte sie wissen, wie er seine Manuela entsorgt hatte, und das, ohne zu graben. Er war lange genug ein gläubiger Christ gewesen, und wusste, dass man sich überirdischen Mächten beugen musste.

Seine Tochter, die mysteriöse Marie, sah aber gerade jetzt so verdammt irdisch in ihrem knappen Bikini aus, dass er sich nicht hätte zurückhalten können, wenn nicht plötzlich der verdammte Stewart, wie aus dem Nichts neben ihnen gestanden wäre.

„Señor Martinez, soll ich den Lunch veranlassen?"

Es war und ist eine Tatsache, dass, wer sich mit einem menschlichen Körper abgibt, mit der Zeit verblödet. Die dauernde Aufmerksamkeit auf das Wohlergehen dieses biologischen Vehikels und das Zufriedenstellen seiner Begierden frisst die Intelligenz auf und lässt keine Unternehmungen von erwähnenswertem Ausmaß zu.

So hatte auch Marie diesem Mechanismus Tribut zu zollen, das heißt, sie hatte bereits einen gewissen Teil ihrer Klarsicht eingebüßt, weil sie es sich ein wenig zu bequem in ihrem zweifelsfrei exquisiten Körper gemacht hatte, anstatt etwas außerhalb von diesem zu bleiben. Sie war nun nicht gleich unempfindlich oder dumm geworden. Noch war sie den gewöhnlichen Menschen in Vielem überlegen, aber sie hatte keine Erfahrungswerte hinsichtlich der störrischen Überlebensbeharrlichkeit eines Menschen der weiß, dass er nur einmal lebt, so wie ihr Muggel.

Und Señor Martinez' einziges Leben war durch sie massiv bedroht.

K.O.-Tropfen

So bemerkte sie nicht, dass ihr Vater dem Stewart am Abend ein Zeichen gab, worauf dieser ein paar Tropfen einer Tinktur in ihr Rotweinglas applizierte und ihr dieses eilfertig brachte.

Señor Martinez hatte unvermittelt mit großer Klarheit erkannt, dass ihm dieses Mädchen nicht von Gott geschickt worden war, sondern ihm, von dessen Gegenspieler, dem Teufel persönlich, an den Strand gespült worden war. Und bediente sich dieser nicht häufig der verführerischen Schönheit, um sein grausames Spiel mit den Menschen zu spielen?

Als praktischer Mensch hatte er auch gleich die passende Philosophie parat, nämlich, `aus dem Wasser ist sie gekommen, ins Wasser zurück muss sie gehen´.

Es war schon dunkel über der Meeresbucht der Canarias, als der uns bereits bekannte Stewart, Henry, der Vertraute von Señor Martinez, einen schlaffen, weiblichen Körper hinab in das kleine Rettungsboot trug, den Außenbordmotor startete und in die dunkle Nacht ablegte.

Señor Martinez hatte es sich nicht nehmen lassen, den leblosen Körper von Marie ein letztes Mal zu benutzen, in diesem Fall wirklich zu missbrauchen, denn schade war es allemal, dass er sie entsorgen musste. Aber er hatte wirklich keine andere Wahl.

Danach gab er Henry den Befehl, wie vorher besprochen, ein paar Meilen hinaus auf das offene Meer zu fahren und das Mädchen vorschriftsmäßig zu versenken.

Henry der Steward

Henry war ein Mensch geprägt von der Notwendigkeit zu überleben, und einem bemerkenswerten Mangel an Anstand und Moral. Gewöhnlich führte er schnell und ohne Komplikationen die Anordnungen von Señor Martinez aus, was ihm ein gutes Ein- und Auskommen verschaffte, und das beabsichtigte er auch jetzt zu tun.

Nach ungefähr einer halbstündigen Fahrt ließ er das Motorboot im Leerlauf dümpeln, um das Auge eines Seils um die Fesseln des Mädchens zu legen. Die Füße zuckten kurz, was ihn daran erinnerte, dass er sein Werk zügig beenden musste, bevor sie wieder aufwachen würde. Die K.O.-Tropfen hatten eine zuverlässige Medikation von zwei Stunden, und die waren fast vergangen.

Er belegte das andere Ende des Seils um den Betonklotz und sah sich um. Es gab kein Positionslicht weit und breit, die Sterne waren unbeteiligt wie immer, und das Meer hatte auch keine Meinung zu seinem Vorhaben. Henry packte das Mädchen in ihrem flauschigen Jogginganzug und wunderte sich, wie leicht sie war. Das war ihm vorhin gar nicht aufgefallen.

Als er drauf und dran war, sie über Bord rutschen zu lassen, hatte er plötzlich eine Idee und sagte laut, weil ihn ja ohnehin niemand hörte:

„Das ist eine Scheißverschwendung einen solchen geilen Körper einfach zu ersäufen."

Er besah sie sich zum ersten Mal aus nächster Nähe, jedenfalls soviel er im Schein einer Taschenlampe sehen konnte. Eine unsichtbare Hand hielt ihn aber davon ab, das zu tun, wozu es ihn sehr drängte. War es unvermittelter Anstand, der in Henry erwachte, oder war es eine bereits lange gärende Revolte gegen die Anordnungen seines Chefs?

Jedenfalls legte er das Mädchen wieder auf den Boden des Bootes, entfesselte ihre Fesseln, kramte im Bug und fand eine Schwimmweste. Er prüfte kurz, ob Funk und Signallicht funktionierten und zog sie dem Mädchen über ihren Jogginganzug an.

Er hatte das Gefühl, auf die Schnelle ein wirklich besserer Mensch geworden zu sein, denn er öffnete den Reißverschluss ihrer Jacke nicht, sondern band die Weste stramm um ihren Oberkörper. Dann hob er das Mädchen hoch und ließ es seitwärts in das laue Wasser rutschen.

„So, Baby, mach´s gut. Gott wird wissen, was er mit dir vorhat."

Es musste ungefähr auf der Höhe sein, wo die Fracht- und Kreuzfahrtschiffe die Inseln anliefen. So hatte sie eine gute Chance, aufgefischt zu werden oder, was wahrscheinlicher war, von deren Schrauben zerstückelt zu werden. Die Entscheidung hierüber wollte er vertrauensvoll in die Hand Gottes legen, den er für solche Urteile für zuständig wusste.

Er versenkte den Betonklotz darauf ohne Körper, rückte seine Schwimmweste zurecht und fuhr mit voller Fahrt zurück zur Christina, der Motoryacht von Señor Martinez.

Donald Duck

Als Marie erwachte hatte sie schreckliche Kopfschmerzen. Deswegen ließ sie die Augen vorerst geschlossen. Sie schien hier schon länger in einer Badewanne zu liegen, denn das Wasser war kühl geworden. Dann erst fühlte sie das einschnürende Teil um ihren Oberkörper und erkannte, dass sie wie eine Boje aufrecht im Wasser schaukelte.

Es war nun Zeit die Augen aufzumachen, und was sie sah war Wasser, endlos viel salziges Meerwasser, einen morgendlich fahlblauen Himmel auf der einen Seite und eine bereits grellschmerzende Sonne auf der anderen. Sie fühlte an ihrem Körper entlang und stellte fest, dass alles unversehrt und intakt war. Das war eine gute Feststellung. Weniger gut war, dass kein Land in Sicht war.

Sie bemerkte die Pfeife an der Schwimmweste und fing sofort an die stille Einsamkeit mit schrillen Tönen zu malträtieren. Hier aber hatten die Elemente die Welt unter sich aufgeteilt, und Menschen mit ihren Nöten wurden weder beachtet noch gebraucht. Aber sie hatte zumindest sich selbst gezeigt, dass sie mit der Situation nicht einverstanden war.

Da sie nichts zu tun hatte, schickte sie ihre Gedanken zurück zum Abendessen auf die Yacht ihres Vaters, doch dann versank ihre Erinnerung in einem schwarzen Schlund, aus dem sie erst wieder hier in dieser übergroßen Badewanne im Jogginganzug und Schwimmweste auftauchte. Das machte überhaupt keinen Sinn. Zunächst aber musste sie am Leben bleiben, und das größte Problem war ein höllischer Durst. Sie wusste, das Salzwasser ihr den Körper zerstören würde. Also musste Trinkwasser her.

Dort, wo das Meer auf den Horizont traf, tauchte schließlich ein gewisses Versprechen auf Rettung in Form eines

Schiffes auf, das beharrlich zwischen der Meeresdünung sichtbar wurde und wieder verschwand. Das bedeutete entweder Rettung oder Verlust des Körpers, wenn sie von den Schrauben getroffen, und wie Muggels letzte Frau in ihre Einzelteile zerlegt würde.

Marie entschied sich nachdrücklich für die Rettungsversion. Nach ungefähr einer Unendlichkeit enttarnte sich das Schiff als eins dieser riesigen schwimmenden Luxushotels, das exakt auf sie zufuhr. Sie begann wieder zu pfeifen und mit den Armen in der Luft zu rudern.

Niemals wäre man auf die Winzigkeit dieses Tropfens in der Wasserwüste aufmerksam geworden, wenn nicht der vierte Steuermann, der aus Glaubensgründen weder Drogen- noch alkoholabhängig war, ein Mayday-Funksignal, wie es auch Schwimmwesten aussenden, aufgefallen wäre. Sofort wurde das Wasser mit Ferngläsern abgesucht, bis der Verursacher des Notrufs geortet war. Der Kapitän befahl die Maschinen zu stoppen, und ließ ein Boot zu Wasser, um die Rettung der Person einzuleiten.

Der Matrose Pépé und der Bordarzt staunten nicht schlecht, dass sie inmitten all dieses Wassers einen lebenden Menschen gefunden hatten. Da sie überdies zwei Männer waren, fiel es ihnen mit Leichtigkeit auf, dass das, was sie aus dem Wasser zogen ein überaus ansehnliches Geschöpf war, obwohl es von zu viel Sonne und Meerwasser etwas aufgedunsen war.

Als das Boot mit dem ungewöhnlichen Fang an der `Donald Duck´ anlegte, drohte es Schlagseite zu bekommen, denn ein Großteil der Passagiere hatte wie immer, aber besonders nach dem Frühstück, nichts zu tun, hatte die Rettung verfolgt und hing jetzt über die Backbord-Reling und klatschte begeistert der Geretteten und ihren Rettern Beifall. Marie hatte ihren Auftritt, der sie sofort mit frischen Lebensgeistern erfüllte, und sie winkte hinauf zu ihrem Publikum.

Zuerst aber wurde sie in die Krankenstation verfrachtet, um sie medizinisch zu untersuchen und durch einen Sicherheitsoffizier zu befragen. Man befand sich zwar nicht auf einer der Flüchtlingsrouten, aber man wollte schon genau wissen, wen man da aus dem Wasser gefischt hatte, und ob ein Vergehen oder gar ein Verbrechen vorlag oder eventuell geplant war.

Die Männer waren sich aber schnell einig, dass gemäß Aussagen eines so blonden Mädchens kein Verbrechen geplant war, außer wahrscheinlich durch übermäßige Schönheit die männliche Welt zu Verbrechen zu veranlassen. Umso näher lag der Gedanke, dass an diesem Mädchen bereits ein krimineller Akt begangen worden war, zumal sie vor wenigen Stunden noch Geschlechtsverkehr hatte, von dem sie allerdings nichts wusste.

Mit Hilfe der Küstenwache, wurde bestätigt, dass es sich bei der Geretteten um Marie, Li-Xia Martinez, Tochter des Bankdirektors Pablo-Miguel Martinez, handelte. Sie war offenbar von der Yacht ihres Vaters über Bord gegangen oder gegangen worden.

Maria Fandango

Durch die Aussage seiner unerwartet wieder aufgetauchten Tochter, mutierte Señor Martinez' Vermisstenanzeige zu einem, für ihn, schrecklichen Bumerang. Der Pool musste sein Wasser lassen, und damit Muggel seine Freiheit.

Die Einzelteile der Manuela Martinez wurden wieder zusammengesetzt, was sie nicht lebendig machte, aber das Puzzle war nun vollständig, und Señor Martinez wurde des Mordes an seiner Frau, der Vergewaltigung und des versuchten Mordes an seiner Tochter angeklagt.

Da er dieser Wirklichkeit nicht ins Auge sehen konnte, erhängte er sich kurzerhand mittels eines echten Krokogürtels mit vergoldeter Schnalle und verhalf so seiner einzigen Tochter Marie-Li-Xia, zu einem nicht unbedeutenden Vermögen.

Entgegen der Meinung der menschlichen Gesellschaft in der Marie-Li-Xia, seit kurzem lebte, war sie der Auffassung, dass Geld sehr wohl stinken könne. Und das Geld von Señor Martintez hatte für sie einen derart strengen Geruch, dass sie dadurch keine Vorteile haben wollte. Sie war überzeugt, dass sie das Vermögen auf schnellstem Wege waschen müsse und das ging am besten, wenn sie es verschenken würde. Das tat sie zügig und gründlich, und die wahllos ausgesuchten Begünstigten freute das, aber sie wunderten sich auch, dass dem Mädchen offensichtlich das kostbare Gut so gar nichts bedeutete.

Befreit von der ungewollten Erbschaft und in Besitz eines Familiennamens, der in Spanien zum Glück nur allzu üblich war, und einem ersten Vornamen, der fast in jedem Haushalt Verwendung fand, machte sich Marie-Li-Xia Martinez auf nach Madrid, der Hauptstadt des Landes, wo sie gerade noch zurechtkam, um die kleinste aller Rollen in einer TV-

Serienproduktion in den Spain Film Studios zu drehen, die ihr von einem Bekannten ihres Vaters versprochen worden war.

Man mag jetzt gewillt sein, es Zufall zu nennen, denn was veranlasste den Neffen des Produktionschefs der amerikanischen-Media-Company `Silverdream´, gerade im Studio anwesend zu sein, als Marie Martinez ihre lächerlichen zwei Sätze zu dem Lover Boy der Serie sagte.

Jeff Zimmermann war weltweit immer auf der Suche nach neuen Gesichtern und fand, dass Marie ein solches, neues Gesicht besaß. Natürlich waren es nicht nur ihre blausprühenden Augen und ihr wunderbar geschwungener Mund, sondern auch der Rest ihres perfekten Körpers, der Jeff in den nächsten Nächten begeisterte.

So kam es, dass Li-Xia, wie sie sich ab jetzt nannte, mit Jeff kaum zwei Tage später nach Los Angeles flog, nachdem dieser eine Ablösesumme von mehr als einer Million US-Dollars an den Besitzer des Studios, dem früheren Freund von Señor Martinez abgedrückt hatte. So war ihr Basis-Marktwert schon einmal fixiert, und durch das Schleifen dieses Rohdiamanten sollte sich dieser dramatisch erhöhen. Das war Jeffs Idee, der sich mit Schleifen auskannte.

Nur dieser Diamant stellte sich als kantiger und härter heraus, als gedacht, denn Maria Fandango, so nannte sich Marie-Li-Xia ab jetzt mit Künstlernamen, war auf keine Schauspielschule zu bekommen. Sie sagte, dass jeder, und sie allemal, Rollen spielen würden und das ziemlich perfekt, solange man nicht in diesen Schulen die natürliche Fähigkeit aberzogen bekomme.

Sprechen, singen, tanzen, Texte aufsagen und dabei Dinge tun, wo sei das Problem? `Know your lines and don´t bump into the furniture´, hatte einmal ein berühmter Schauspieler gesagt. Das war ihr Credo. `Sagt mir, was die Figur tun soll, und für den Rest sorge ich', pflegte sie zu Regisseuren zu sagen. Ihre Texte, die immer umfangreicher wurden, beherrschte sie nach einmaligem Durchlesen.

Die Schauspielerei machte ihr viel Spaß, denn sie bekam Anerkennung und viel Geld für etwas, das sie konnte und den ganzen Tag und große Teile der Nacht ohnehin in Eigenregie tat. Und sie rannte auch nicht in Möbel hinein, außer wenn ein einfallsloser Regisseur dies von ihr verlangte.

Sie war von derart strahlender Schönheit, dass ihr Studiobosse, Produktionsmanager, Regisseure und Filmteams aus der manikürten Hand fraßen. Man bot ihr Hauptrolle nach Hauptrolle an, zum Teil schreckliches Zeug, von denen sie besser die Hände gelassen hätte, aber Kritiker und die Medien liebten sie, und die Öffentlichkeit war demzufolge von ihr hingerissen.

Sie genoss es, den prickelnden Champagner der Marke VIP zu schlürfen, und wo sie erschien war oben, und Türen öffneten sich für sie wie von selbst.

Ihre medienwirksame Schönheit war ihre Bugwelle und ihr ehrliches Interesse an Menschen war ein zusätzlicher Glanz, der sie umgab und dem sich niemand entziehen konnte.

Die Glamourwelt

So wäre ihr Leben in steilen Kurven in den Himmel der Oskars und Filmlegenden gestiegen, wenn nicht ein Mensch, und 008 war mehr und mehr zu solch einem geworden, stark dazu neigte, sich selbst Schwierigkeiten zu machen, damit die Rolle, die er im Leben spielt, unvorhersehbarer und dramatischer würde.

Maria Fandango verstrickte sich in der folgenden Zeit in die Spiele, die Frauen und Männer miteinander spielten, zumal Leute aus der Kunstwelt, die traditionsmäßig von der Macht der Ästhetik angezogen wurden, um sie herumschwirrten, als wäre sie eine bunte, honigsüssen Duft ausströmende Blume, alleinstehend auf einem ansonsten graubraunen Acker.

Besonders die dicken, blauschimmernden Brummer fühlten sich unwiderstehlich von ihr verzaubert, das heißt Maler, Schriftsteller, Dirigenten aber auch Tycoone und selbst verwegene Politiker wollten ihr auf den Leim gehen. Maria hatte bisweilen die Idee, dass sie sich mit ihrer äußerlichen Schönheit, auf der Suche nach Abenteuern, keinen allzu großen Gefallen getan hatte. Aber es war jetzt, wie es war, und unangenehm war es allemal auch nicht.

Maria Fandango war bald in den Olymp einer Glamourwelt aufgestiegen, um den das Abenteuer scheinbar einen großen Bogen machte. Die Worthülsenjongleure und Bildfänger begleiteten sie auf Schritt und Tritt genauso wie die Sicherheitsagenten, die ihr vom jeweiligen Studioboss, dem sie gerade durch ein Filmprojekt gehörte, zugeteilt worden waren.

Maria war zu einem Objekt geworden, zu einem Objekt der Begierde für Macht und körperliche Gelüste. Alles, was an ihr dinglich war, war hochversichert und zwar in Einzelsummen aufgeteilt. Ihr Kopf, Hals, Brüste, Beine, Hände, Füße, Lippen,

Augen, ihre Stimme, ihr ganzer Torso, ihr Hinterteil samt Muttermal, alles war mit Höchstsummen belegt; so, wie man einen Picasso oder Van Gogh versichert. Ein Objekt wird von dem belebt, der es kontrolliert, beleuchtet, verehrt und oder auch nur benutzt. Ein Objekt hat kein Eigenleben, zumindest keine Eigeninitiative zu haben.

Maria gewöhnte sich daran, mit dem trägen Fluss der gemachten Seidenbetten, der betankten, klimatisierten Limousinen, vorgekosteten Nahrung, gesicherten Räumen und genehmigten Liebhabern zu schwimmen.

Ihre Ausbruchversuche blieben Versuche, weil man sie schnell wieder einfing, indem man ihr die verschiedensten vertraglichen Verpflichtungen aufzeigte, die ihre Anwälte eingegangen waren, und die sie unterschrieben hatte. Ihr Freiraum wurde mit jedem ihrer Blockbuster enger, die allgemeine Verehrung in der Öffentlichkeit größer, und die Ansprüche ihrer Agenten einschneidender und fordernder.

Eine ihrer größten Fähigkeiten, sich mit allen Leuten zu unterhalten, keine Unterschiede zwischen Beleuchtern, Weltstars, Eisverkäufern oder Studiobossen zu akzeptieren, wurden ihr nach und nach aus Sicherheitsgründen und vertraglichen Bedingungen aberzogen.

So begab es sich, dass 008 langsam aber sicher die Fähigkeit und das Wissen verlor, das dazu gereicht hätte, bei Missfallen der Situation, das biologische Körperteil wieder zu verlassen, um sich anderen Lebensweisen zuzuwenden.

Die Fandango will ein Baby

In einem Moment voller Klarheit beschloss Maria eine Änderung in ihrem Leben vorzunehmen, bevor sie hier endgültig zu einem Gegenstand degradiert würde. Die Vorhersagbarkeit ihrer Lebensumstände machten sie fertig. Sie wollte etwas haben, was nur ihr gehörte, und diese fixe Idee war, ein Baby zu bekommen. Dafür war sie bereit einen Mann zu heiraten, vorzugsweise den, der ihr gerade mit großer Hingabe den Hof machte.

„Du weißt, Maria, dass ich dich sehr, sehr liebe, aber die Menschen draußen im Land lassen das einfach nicht zu", antwortete der Präsident auf Marias Bitte, sie zu heiraten und eine Familie zu gründen.

„Ich habe einen Schwur auf die Verfassung gemacht, meinem Volk zu dienen, und eine unchristliche Scheidung würde mich wortbrüchig machen, versteh´ doch bitte, Maria, Liebes", versuchte er sich recht ungeschickt zu rechtfertigen und sie zu trösten.

„Bist du nicht unchristlich und wortbrüchig gegenüber deiner Frau geworden, als du mit mir ins Bett gestiegen bist", entgegnete sie trotzig.

„Das ist etwas ganz Anderes. Du kannst das offensichtlich nicht auseinanderhalten", erwiderte der Präsident leicht verärgert, denn dieses schlichte Mädchen konnte einfach nicht die riesige Verantwortung sehen, die ein Präsident der größten und wichtigsten Nation auf Gottes Erde innehatte.

Maria wusste jetzt, dass sie nie die First Lady dieses Mannes werden würde, noch ein Baby mit ihm haben würde. Sie verweigerte sich ihm und sagte: „Dann will ich dich beim

Ehebruch nicht weiter unterstützen. Schließ die Tür leise und von außen. Ich will dich nie wiedersehen!"

Der Präsident musste sich dieses Mal unverrichteter Dinge von den Sicherheitsbeamten zurück zu seiner gepanzerten Limousine führen lassen.

Es gab einen anderen heißen Verehrer, einen Schriftsteller, der sie wie eine Göttin mit aller Kraft seiner gewandten Art, die Sprache zu benutzen, verehrte. Aber auch dieser wollte weder eine Familie mit ihr noch ein Kind von ihr, denn auch er verehrte nur ihren Körper, ihre Erscheinung, den Glamour, der sie umgab, weil er sie selbst, ihr Wesen zu entdecken, sich nicht die Mühe machte. Sie war ihm zu einfach gestrickt, sie war für ihn die Glasur auf seiner Torte, denn lieben tat er, genau genommen, hauptsächlich sich selbst und sein Genie.

Maria wollte aber unbedingt etwas ändern, und so begann sie sich in ihren Kreisen genauer umzuschauen, wie andere mit dem gleichen Problem umgingen. Diese entschärften ganz offensichtlich ihre Wahrnehmung der Realität mit allerlei Betäubungsmitteln und dem Allzeitrenner auf diesem Gebiet, Alkohol. Das wollte nun Maria in ihrer Not auch einmal versuchen.

Jetzt muss schnell etwas nachgetragen werden, was bisher unerwähnt geblieben ist. Den ehemaligen Handlanger und Stewart von Señor Martinez, Henry, hatte Maria ausfindig gemacht, nachdem herauskam, dass dieser Mann ihr das Leben gerettet hatte, weil er sie nicht versenkt hatte. Sie bedankte sich bei ihm, indem sie ihn zu ihrem persönlichen Bodyguard machte, denn hatte er nicht bewiesen, dass ihm mehr an ihr lag als an seinem eigenen Leben? So jedenfalls legte sie seine Handlung damals aus, und Henry dankte es ihr, indem er zuverlässig seinen Dienst tat und sie wie ein höheres Wesen verehrte, ohne ihr je nahe zu kommen.

Eines Tages fragte sie Henry, ihr gewisse Stimmungsaufheller zu beschaffen. Henry war in seiner Arbeit für seine Chefin nicht gerade zum Heiligen geworden, und als früherer Meister im Verticken von Drogen aller Art, war er ein Kenner der körperlichen und mentalen Konsequenzen dieser chemischen oder auch natürlichen Wirkstoffe, und er fühlte sich verpflichtet seiner Chefin diese Konsequenzen zu ersparen. Wie bereits zuvor erwähnt, wurde er in Marias Nähe zu einem besseren Menschen, und das hielt er jetzt schon seit einigen Jahren durch.

„Miss Maria", sagte Henry, „die Beschaffung ist kein Problem. Aber ich kenne die Probleme, die Sie sich mit diesem Zeug machen. Die sind viel größer, als die Probleme, die Sie damit totschlagen wollen."

„Henry, danke, dass du an meine Gesundheit denkst, aber ich will dieses Zeug ausprobieren. Ich will einfach sehen, ob mir das etwas hilft, verstehst du? Mein Arzt verschreibt mir schon lange alle möglichen Pillen, aber die funktionieren bei mir nicht. Keine Angst, ich werde kein Dauerkunde", versuchte Maria ihn zu beschwichtigen.

„Miss Maria", Henry wurde jetzt ganz bestimmt, „Versprechen dieser Art sind nicht zu halten, jedenfalls habe ich das noch nie erlebt. Sie führen ein Leben, um das Sie Millionen beneiden. Sie sind ein Vorbild für alle Ihre Fans in der ganzen Welt und auch für mich. Wenn ich an Ihrer Stelle wäre, würde ich jede Sekunde meines Lebens genießen und es nicht wegwerfen."

Die Fandango hat eine Idee

Henry hatte seinen Punkt gemacht, und Maria hatte im selben Moment eine Idee von so umfassender Machart, dass sie ganz aufgeregt wurde. Mit diesem unerwartet kraftvollen Lebensimpuls brachen sich alte, verschüttete Fähigkeiten den Weg zurück ans Tageslicht. Mit einem Schlag wurde ihr wieder bewusst, dass sie „008" war und nicht Maria, der schöne Superstar mit dem Problem der unerwiderten Liebe im Besonderen und dem Ereignisnotstand im Allgemeinen.

Da sie sich endlich wieder einmal außerhalb ihres Körpers befand, war sie unabhängig von den Ängsten und Berechnungen dieses Bioteils, und konnte eine brillante Idee haben. Sie war es leid, ihre gegenwärtige Rolle zu spielen, weil sie für ihren Geschmack so berechenbar, abenteuerlos und endlos langsam geworden war.

Wie wäre es, wenn sie Henry dazu bewegen könnte, diesen Part weiter zu spielen, und sie könnte sich auf und davon machen zu einem neuen Start, wohl schon in dieser Gesellschaft aber unter anderem Vorzeichen. Schließlich war ihr Urlaub noch nicht vorüber. Wäre das nicht ein Spiel, wo alle gewännen? Natürlich außer dem Körper von Henry, der würde dabei durch die Röhre gucken, das heißt, total unbrauchbar werden.

„Mein lieber Henry", sagte Maria, „Du würdest also gern mein Leben führen, nicht wahr?"
„Naja, natürlich! Jeder möchte das", sagte Henry und blickte sie verwundert an.
„Nein, nein, keine Angst", meinte Maria, „ich will dich nicht heiraten." Henry fühlte sich durchschaut, denn tatsächlich war ihm dieser Gedanke durch den Kopf geschossen.

„Besser als das, besser als das, mein lieber Henry", fügte sie lächelnd hinzu. „In ein paar Tagen werde ich mit dir einen Deal machen, ok?"

„Miss Maria, was immer Sie wollen, ich bin dabei", erwiderte Henry und war gespannt, was das wohl sein könnte. `Besser als sie zu heiraten´ - undenkbar.

In den folgenden Tagen nutzte der Filmstar Maria Fandango die Drehpausen in ihrem Trailer, um einen Plan zu machen, auf welche Art und Weise sie diesen, von allen so hemmungslos verehrten Fandango-Luxusleib loswerden könnte, um wieder ein Nichts, das heißt `008´ zu werden, und wie Henry seinerseits sein Bioteil loswerden könnte, um die Regentschaft über den Körper mit dem Namen Maria Fandango zu übernehmen.

Solche Bäumchen-Wechsel-Dich Spiele waren vor allem in Robot- und Puppengesellschaften durchaus nicht unüblich, aber hier auf diesem Planeten, in dieser Fleischkörpergesellschaft, mit diesen Individuen, die glaubten nur einmal zu leben und mit diesem Henry war das schon eine besondere Herausforderung.

Da dieser das nicht begreifen würde, müsste sie ihn zu seinem Glück zwingen. Das war zwar nicht die feine Art, aber er würde dem Deal bestimmt sofort zustimmen, wenn er über ein paar gedankliche Hürden setzen könnte. Henry würde aber schwerlich begreifen, dass es im Grunde nicht viel anders wäre, als wenn er aus seinem gebrauchten Nissan in ihr brandneues Maserati Cabrio umsteigen würde, und dass dieses dann, für alle sichtbar, ihm gehören würde.

Da in dieser bemerkenswert merkwürdigen Gesellschaft ein solcher Wechsel nur mit viel Dramatik, Tod und Teufel über die Bühne gehen konnte, entschloss sich Maria genau zu so einem Event. Der wichtigste Teil des Unternehmens war die genau getimte Abfolge der Aktionen.

Nachdem Henrys Körper tot sein würde, müsste sie seinen Geist kontrollieren, bevor dieser in den Bereich zwischen die Leben abschwirren würde, wo er standardmäßig durch die Mangel gedreht und irgendwo in einem Kreissaal erneut auftauchen würde. Sie müsste ihn in den zu diesem Zeitpunkt von ihr verlassenen, sozusagen `geistlosen´ Körper von Maria Fandango zwingen. Sie würde gewissermaßen um ihren Körper durch ihr Verlassen ein Vakuum erzeugen, in das Henrys Geist leicht hineingezogen werden könnte.

Henry als vormaliger Mann würde zwar einige Anpassungsschwierigkeiten mit dem Körper einer Frau haben, aber er hätte dann endlich einmal so viel Weiblichkeit, wie er es sich nie hätte träumen können.

Da Henry ein eingefleischter Junggeselle war, und Frauen einen Großteil seiner Freizeitbeschäftigung in Anspruch nahmen, gab es keine feste Verbindung, und soweit es ihm bekannt war, auch keine Kinder oder näheren Angehörigen, und so würde sein Körpertod schnell in der öffentlichen Wahrnehmung versickern. Natürlich würde es den Medien zunächst gelingen, auch daraus ein Drama zu machen, aber das waren nun einmal Aasfresser, die von Leichen jeder Art lebten.

Death Valley

So kam es, dass Maria und ihr Bodyguard an einem heißen Julinachmittag vom Studio nicht den Highway 2 nach Westen Richtung Santa Barbara, Beverly Hills und Malibu in ihre Strandvilla fuhren, sondern die Interstate 5 aus Los Angeles hinaus und dann den North Midland Trail Richtung Mojave und Death Valley nahmen.

Henry saß in seinem weißen Sportanzug hinter dem Steuer des frisch polierten Maserati Cabrios, das aber zunächst geschlossen blieb, damit die Klimaanlage die Hitze in Schach halten konnte. Maria trug, wie üblicherweise nach dem Dreh enge blaue Jeans, einfache Sandalen und ein eher lappiges T-Shirt.

Es war eine stumme etwa zweistündige Fahrt, währenddessen beide ihren Gedanken nachhingen. Da sie kein Wort an ihn richtete, fühlte er sich auch nicht berechtigt, ein Gespräch zu beginnen. Mit der Chefin auf Tour zu sein, war ungewöhnlich, und die Aussicht auf einen Deal mit ihr war ziemlich aufregend.

Kurz hinter Ridgecrest setzte sich Maria hinter das Steuer, wie sie es häufig tat, denn sie war eine begnadete Fahrerin, die Autostunts am liebsten selbst machen würde und bestimmt eine gleich gute Arbeit abliefern würde wie die Profis. Das durfte sie natürlich aus versicherungstechnischen Gründen nicht.

Sie hatte nun auch das Verdeck geöffnet, was Henry verwunderte, denn es ging jetzt in die heißeren Regionen der Mojave-Wüste Richtung Death Valley.

„Wir werden nun etwas schneller fahren, aber hab´ keine Angst, unser Deal steht."

„Angst? Ich habe keine Angst, wenn du fährst", sagte Henry, weil´s wahr war.

Als sie ungefähr doppelt so schnell fuhren wie die erlaubten 45 Meilen fragte Henry ruhig: „Haben wir es so eilig?"

„Wir müssen etwas draufdrücken, damit man uns bemerkt", sagte Maria und war jetzt bei strammen 95 Meilen. Sie blickte in den Rückspiegel und war beruhigt. Die Highway Polizei hatte sie bemerkt, machte mit peitschendem Alarm auf sich aufmerksam und versuchte aufzuschließen.

„Jetzt haben wir den Salat", sagte Henry und drehte sich mit fliegenden Haaren nach den Verfolgern um.

Maria lachte ihr unbeschreiblich unbekümmertes Lachen, und ihre blauen Augen sprühten ihn an:

„Henry, genau den Salat, den wir für unseren Deal brauchen." Sie fuhr jetzt wieder etwas langsamer, um die Cops aufkommen zu lassen.

Ein Deal, besser als Heirat

„Und das hier, mein lieber Henry, ist unser Deal, der besser ist, als mich zu heiraten", lachte Maria, und prompt brach das Auto nach links aus, schleuderte nach rechts und nutzte die Böschung neben dem Highway, die gerade etwas tiefer geworden war, zu allerlei Pirouetten und Saltos.

Maria beobachtete wie es Henry bei der zweiten Umdrehung aus seinem Sitz trieb, und wie er nach einer geschossartigen Luftfahrt von dem steinigen Untergrund nach etwa 30 Metern wenig sanft empfangen wurde, wo sein Körper ähnlich schrottreif wie der Maserati liegen blieb, nur dass der eine sein Blut und der andere sein Benzin verlor. Das hält kein Mensch aus, und Henry machte da keine Ausnahme.

008 allerdings platzierte Marias Luxuskörper mit einer weichen Landung in den einzigen verdorrten Busch, der weit und breit zu finden war.

Bevor, wie bereits erwähnt, der Geist, der bisher mehr unbewusst als bewusst in dem Körper von Henry gesteckt hatte, bevor also dieser Geist einer Automatik folgend in die Region zwischen die Leben weggesaugt wurde, kontrollierte 008 ihn zu dem Bioteil von Maria, das sozusagen gerade unbemannt war. Sie hatte ihre Körperkontrolle verlassen und für die Übernahme durch Henry freigegeben.

Und so kam der Filmstar Maria Fandango zu einer neuen Kommandozentrale, einer Zentrale, die wir bisher als Henry, den Bodyguard, kennen gelernt haben.

Wie geplant waren die Polizisten gleich vor Ort und riefen die Ambulanz, um das zu retten, was da vielleicht noch zu retten war. Viel konnte das jedenfalls nicht sein. Die Fahrerin war aus dem Auto geschleudert worden, das jetzt ziemlich unordentlich zusammengefaltet wie ein verknautschter Metallkäfer auf dem Rücken liegend mit den Rädern hilflos in der Luft herumruderte. Der Beifahrer hatte sich das Genick bei dem Aufprall gebrochen, war blutüberströmt und gab folgerichtig kein Lebenszeichen mehr von sich. Die Frau dagegen hatte einen sehr umsichtigen Schutzengel gehabt, denn sie war auf einem verdorrten Busch gelandet und wohl von dort auf den sandigen Boden gefallen. Sie war bewusstlos, aber sie atmete und sah ganz intakt aus.

Weil jetzt die Szene in die kompetenten Hände von Unfallexperten überging, war das der Moment, in dem 008 die Szene verließ, um sich neue Herausforderungen zu schaffen.

Eine neue Maria Fandango

Als sie es an Hand der Papiere festgestellt hatten, waren Sanitäter und Polizisten von der Tragweite des Vorfalls beeindruckt: die verunglückte Frau war keine Geringere als der berühmte Filmstar Maria Fandango.

Während ihres Aufenthalts im Hospital - denn keiner durfte nach so einem Horrorcrash einfach nach Hause gehen, selbst wenn die Ärzte nichts Schadhaftes an ihrem Körper finden konnten, ein Schock konnte allemal vermutet werden - wurde der Krankenhaustrakt, in dem sie behandelt wurde, zu einem einzigen Blumenmeer. Die Anteilnahme in der Bevölkerung war riesig, aber auch diejenigen, die in die Fandango investiert hatten, machten ihren Anspruch an ihrem Eigentum durch mächtige Blumenbouquets mit Nachdruck sichtbar.

Da die Ärzte darauf bestanden, dass zunächst niemandem ein Besuch gestattet wurde, hatte Maria Zeit, sich wieder an ihren Körper zu gewöhnen, jedenfalls so beurteilten die Ärzte die Situation.

Häufig konnte man sie beobachten und das taten die Weißkittel mit Fleiß, wie sie unbekleidet vor dem Spiegel ihres Krankenzimmers stand, und jeden Winkel ihres Körpers inspizierte. Es war so, als wenn sie ihn wieder kennenlernen müsste. Offenbar hatte ihr der Schock des Unfalls das Gefühl für den eigenen Körper genommen, und sie versuchte jetzt wieder ein Verhältnis zu sich zu bekommen - so die Diagnose der Psychologen.

Das Einzige, was Maria an dieser Beurteilung auszusetzen gehabt hätte, wäre, dass sie zum ersten Mal eine Beziehung zu diesem Körper herzustellen versuchte. Der hatte nämlich eine Menge an Forderungen, Angewohnheiten und Fähigkeiten drauf, auf die sie sich erst einmal einstellen musste.

Die Fandango behält keine Texte

Die ersten Wochen nach Maria Fandangos Entlassung aus dem Krankenhaus waren für alle Beteiligten eine unerwartete Herausforderung. Maria ließ die Huldigungen der Öffentlichkeit mit großer Genugtuung über sich ergehen, und alle waren sehr verständnisvoll, und besonders die Filmleute, die sie natürlich sehr gut kannten, sahen es ihr nach, dass sie sich anders verhielt, als man es von ihr gewohnt war. Sie sah so unbeschreiblich und unwiderstehlich aus, viel besser, als man sie in Erinnerung hatte, was ihr alle Türen sofort wieder öffnete.

Als ihr aktueller Regisseur aber versuchte, sie wieder in ihre Rolle der Verführerin Caroline in der Kriminalkommödie „Der Flüsternde Tod" einzuarbeiten, passierte es. Sie konnte die einfachsten Texte nicht behalten, rannte in alle Möbelstücke und stellte sich als total unbrauchbar für schauspielerische Aufgaben heraus.

Der Herstellungsleiter, der bekannt dafür war, sich nicht durch besondere Feinfühligkeit hervorzutun, meinte in der Krisenbesprechung, dass Maria allenfalls als Pornodarstellerin zu gebrauchen wäre, weil sie zumindest gut anzusehen sei. Die Mehrheit der Entscheidungsträger allerdings wollten der Fandango mehr Zeit einräumen, damit sie sich von Ihrem Unfalltrauma erholen konnte. Schließlich war sie ein Superstar und eine millionenschwere Investition.

Aber eine zusätzliche Zeit zum Eingewöhnen beanspruchte Maria Fandango nicht. Sie beschaffte sich ein Gutachten, das einwandfrei belegte, dass sie aufgrund des Unfalls eine PTBS, eine posttraumatische Belastungsstörung erlitten hatte und dem Stress einer Schauspielerin nicht mehr gewachsen sei.

So konnte Maria allen Verträgen mit Agenten, Studios, Produktionsfirmen, Werbefirmen und Versicherungen schuldlos entkommen. Im Gegenteil, sie bekam eine riesige Schadensersatzzahlung vom Versicherer ihres Wagens, da zweifelsfrei festgestellt worden war, dass ihr Maserati mit einem schadhaften vorderen linken Reifen ausgeliefert worden war.

In den Medien wurde dieses tragische Schicksal einer der ganz Großen der Filmgeschichte so breitgetreten, dass die Öffentlichkeit unter großer Anteilnahme mit ihrer Maria Fandango mitleiden konnte.

Die Fandango hat einen Plan

Maria litt allerdings überhaupt nicht, in keiner Weise. Sie hatte einen Plan, und der bestand darin, einer uralten Leidenschaft endlich zum Durchbruch zu verhelfen, denn jetzt hatte sie auch die finanziellen Mittel dazu. Sie kaufte eine Hochseeyacht und fing ganz systematisch an, die Kunst des Segelns und dann des Rennsegelns zu erlernen.

Die Öffentlichkeit hörte einige Jahre nichts mehr von Maria Fandango, bis plötzlich wieder der Fokus zumindest der Fachwelt auf ihr war, als sie als einzige Steuerfrau im gesamten Rennbetrieb mit ihrer US-Crew die Ausscheidungsregatta auf den Bermudas für den Amerikas Cup gewann. Maria Fandango lebte ihre Leidenschaft, heiratete den Steuermann der Neuseeländischen Racing-Crew und beide bekamen schließlich zwei kleine Wasserratten, die sie daran hinderten, ausschließlich auf ihren mehrrumpfigen Geschossen, den Rennkatamaranen, das Leben zu verbringen.

Urlaub in Australien

Doch nun zurück zu 008, dem Geist, der sich vom menschlichen Körper befreit, aufmachte, andere Regionen dieses Planeten zu besichtigen, weil sein Urlaub noch nicht zu Ende war. Dort, wo er sich jetzt befand, gab es viel Raum und wenig Menschen, und die Einwanderer hatten den Kontinent das Südliche Land, Australien, genannt, nachdem sie den Ureinwohner deren Land gestohlen hatten. Diese hatten ganz andere Namen für ihre Heimat, denn sie kamen nicht von irgendwo im Norden her.

Die roten Weiten des australischen Outbacks gefielen ihm, weil er solche Freiräume von vielen anderen Planetensystemen her kannte. Einige Zeit lang genoss 008 seine Freiheit, die aber, wie er bald erkennen musste, auch wieder eine Abwesenheit von unvorhersehbaren Ereignissen bedeutete.

Er stellte fest, dass er sich wohl endlos in den Beuteln von Kängurus durch die Wüsten tragen lassen konnte, mit King Brown Schlangen im fahlen Mondlicht tanzen, im kühlen Maul von Salzwasserkrokodilen die heißeste Zeit des Tages verbringen, oder mit Mantarochen und Clownfischen am großen Korallenriff Verstecken spielen konnte. Das war als Zeitvertreib ziemlich interessant, aber wenn man Vieles weiß und alles kann, fehlt die Spannung des Unvorhersehbaren.

008 hatte zunächst beschlossen, den menschlichen Körpern fern zu bleiben, denn die letzte Erfahrung hatte ihn allzu sehr in der Ausübung seines Spieltriebs eingeengt. Aber hatte er nicht Urlaub?

Folgerichtig fasste 008 wieder den Plan, einen Begrenzer seiner Fähigkeiten, also einen menschlichen Körper, in Augenschein zu nehmen. Eins aber war diesmal von Anfang an klar, die Wahl sollte nicht wieder auf ein Exemplar der schönen

Körperkategorie fallen. Nein, dieses Mal sollte es ein Bioteil der starken Spezies, der Männer sein.

Er beobachtete Körper, die normal gebaut waren, und sich nicht durch besondere Kraft oder Ästhetik hervortaten. Auch sollte es ein möglichst dunkler Hauttyp der Ureinwohner sein, weil denen nachgesagt wurde, dass sie es in der Kolonialgesellschaft der weißen Rasse besonders schwer hätten, ein erfolgreiches Leben zu führen. Das klang für 008 nach Abenteuern und einer schwierigen Ausgangsbasis.

Er wollte nicht wieder von vornherein in gemachten Betten schlafen. Es sollte möglichst ausweg- und hoffnungslos beginnen. Er würde dann schon etwas daraus machen. Die Beschaffungsstrategie mit der Kopie eines bereits existierenden Körpers hatte sich allerdings bewährt. So wollte es 008 auch dieses Mal bewerkstelligen.

Der Lachende Stern Jiemba

Auf einem Trail am Uluru, einer Art rotem, versteinerten Elefantenrücken, der bei der Geburt der Landschaft aus der flachen Umgebung herausgepresst worden zu sein schien, beobachtete 008 einen jungen Mann mit Namen Jiemba, was in der Sprache der Wiradjuri `lachender Stern´ hieß. `Was für ein wunderbarer Name´, dachte sich 008. Er besah sich die Situation, in der sich dieser Jiemba befand, und die war wirklich alles andere als rosig.

Als Angehöriger der Ureinwohner dieser Region war er als Guide angestellt, um Touristen auf den heiligen Berg Uluru zu führen, wollte sie aber gleichzeitig davon abhalten, gerade das zu tun. Er verachtete nämlich die Fremden, die das Jahrtausende alte Heiligtum im wahrsten Sinn des Wortes mit den Füßen traten, aber andererseits lebte seine Familie davon, was er hier tat. Jiemba informierte als Guide die weißen Fremden über Dinge, die solche Menschen wissen wollten, ohne sie jedoch je begreifen zu können.

Keinem Touristen sollte es erlaubt sein, den Berg zu begehen. Die Regierung in Canberra müsste man zwingen, das endlich einzusehen. Insgeheim plante er und seine Freunde die Situation zu ändern, ohne zu wissen, wie das gehen sollte.

Wie es häufig passiert, ändert sich der eigene Blickwinkel, wenn man in die Realität anderer Wesen eintaucht. 008 hatte plötzlich eine andere Idee, als sich einen eigenen Körper mit all den Behinderungen zu beschaffen.

Weil er Jiemba als fähigen, jungen Mann erkannt hatte, beschloss er, ihn bei seinem Vorhaben zu unterstützen. Er wollte ihm helfen, Steine aus dem Weg zu räumen, von denen es in der Sache selbst und überhaupt hier im Northern Territory massenweise gab. Die Regierung im fernen Canberra zur

Einsicht bezüglich des heiligen Bergs zu zwingen, war ein durchaus abenteuerliches, urlaubsgerechtes Vorhaben, fand 008.

Ein junger Mann, ein Sohn der unterpriviligierten aber rechtmäßigen Eigentümern des Kontinents, sollte ausziehen, um die weißen Diebe das Fürchten zu lehren. Das war eine Größenordnung, die 008 gefiel.

Als Erstes brauchte Jiemba finanzielle Mittel, damit er und seine Gruppe ihr Vorhaben nicht durch die Arbeit als Führer am Uluru selbst bekämpften. Wie konnte das bewerkstelligt werden, ohne Jiembas Stolz zu verletzen? Er entschied sich dagegen, seinem ersten Impuls zu folgen und dem Jungen einfach einen großen Haufen australische Dollars auf den Küchentisch zu stapeln.

008 hatte dann eine andere Idee. Gedacht, getan ist bei einem Geist seiner Fähigkeiten, immer direkt miteinander verbunden. Er ging auf die Wellenlänge seiner `alten´ Freundin Maria Fandango, und lokalisierte sie in dem Medical Centre in Wellington/Miramar auf einer Insel, die Neuseeland genannt wird. Sie hieß jetzt Maria Fandango-Miller, und hatte gerade ihr drittes Kind, eine Tochter, zur Welt gebracht und war so glücklich, dass sie zeitweilig über den Dingen schwebte, die normalerweise Menschen auf diesem Planeten fest zu halten pflegten.

Maria Fandango-Miller

Maria sah das Magazin auf dem Tischchen neben ihrem Hospitalbett liegen, blätterte erneut durch die Seiten, weil sie noch nicht gefunden hatte, wonach sie suchte. Und da war es, ein Projekt, das sie unterstützen wollte, so wie sie es bei der Geburt ihrer anderen Kinder auch gemacht hatte. Hier konnte sie sich für mehr Toleranz und gegen die Ignoranz einer Obrigkeit einsetzen. Wieso sie diesen Artikel von einem Journalisten mit Namen David Geist bei ihrem früheren Durchblättern des Magazins noch nicht schon gesehen hatte, verwunderte sie.

Keine viertausend Kilometer entfernt, drüben in Australien, gab es diesen Berg, diesen `Uluru´, der für die indigene Bevölkerung heilig war. Die Regierung in Canberra ließ, per einer erst kürzlich verfassten Anordnung, weiterhin jährlich tausende Touristen auf diesem Heiligtum herumtrampeln, weil hochrangige Wissenschaftler erforscht hatten, dass nichts, aber auch gar nichts an dem Berg heilig war. Außerdem brachte es Einnahmen in einer sonst zu nichts zu gebrauchenden Landschaft.

Da Maria und ihr Mann nicht gewohnt waren, sich ihrer Umgebung anzupassen, sondern immer versuchten, ihren eigenen Kurs zu segeln, nahmen sie ordentlich viel Geld in die Hand, und gründeten zur Geburt ihrer jüngsten Tochter Amelia eine Stiftung mit dem Namen `Respect for Uluru´. Das war zufällig genau der Name, den sich Jiembas Gruppe vor Jahren selbst gegeben hatte. Wo 008 aufschien, gab es häufig Zufälle dieser Art, die aber niemandem groß auffielen.

Es begab sich aber zu dieser Zeit, dass 008 eine Nachricht empfing, die ihm keine Wahl ließ. Er musste seinen Urlaub sofort abbrechen, weil er zu Hause dringend gebraucht wurde. Das war schade, aber unumgänglich. Er vergewisserte sich, dass die sieben Männer um Jiemba, die als Angestellte der Stiftung eingesetzt wurden, nicht vor Glück an Herzinfarkten starben, sondern am Leben blieben, damit sie ihre gemeinnützigen Aufgaben, die klar definiert niedergelegt waren, umsetzen konnten, denn vor ihnen lag sehr, sehr viel Arbeit.

008 entschied sich, trotz der großen Entfernung das Projekt `Uluru´ nicht aus den Augen zu verlieren, obwohl er als praktizierender Geist natürlich keine Augen hatte und genau aus diesem Grund sehr viel mehr sehen konnte, als man bereit ist zu glauben. Und außerdem, was sind schon Entfernungen und Zeit für einen seiner Art und Fähigkeit? Und so strahlte seine Absicht in dieser Sache auch weiterhin als guter Stern über dem Projekt von Jiemba und dem heiligen Berg Uluru.

Uns, die wir jetzt um die wahren Hintergründe dieser Angelegenheit wissen, obliegt es den Fortgang der Dinge um den Uluru oder Ayers Rock, wie ihn die Kolonisten nennen, zu beobachten und zu erleben, wie die australische Regierung überraschend zur Einsicht gekommen ist und den rechtmäßigen Eigentümern des Berges den seit langem überfälligen Respekt zollt.

Tatsächlich wurde kürzlich jegliche touristische Begehung des Uluru untersagt.

Ende

Der Brillantring

Die Rolle rückwärts

Ja, ich glaube Ihnen wirklich eine Erklärung schuldig zu sein, weshalb ich, die gesellschaftlichen Gepflogenheiten und Anstand missachtend, Sie heute unten am Flussufer angesprochen habe. Mir ist sehr daran gelegen, dass Sie mich verstehen, dass Sie mich durch meine äußere Erscheinung hindurch erkennen, niemals mich aber mit dieser verwechseln oder gar gleichsetzen. Wie leicht kann man sich in den dinglichen Dingen, zu denen ich, Ihre Erlaubnis vorausgesetzt, auch unsere Körper einbeziehe, verstricken, ja geradezu verheddern. Bestimmt wissen Sie, was ich damit meine. Um der Wahrheit die Ehre zu geben, waren aber die Dinge letztendlich meine unnachgiebigen Lehrmeister.

Was man von Dingen lernen kann, mögen Sie fragen? Zumindest, dass man nicht so ist wie sie. Auf eine einfache Formel gebracht, ich kann diesen Stein über das Wasser flippen lassen, sehen Sie: eins, zwei, drei, viermal, bevor er versinkt. Der Stein dagegen muss sich gefallen lassen, dass er geflippt wird. Eine Angelegenheit von Ursache und Wirkung. Eine Lektion, die unsere Wissenschaftler ausgelassen zu haben scheinen, denn sie suchen beharrlich die Wahrheit in dem Stein.

Auch wenn ich mich dem Verdacht aussetze, ich hätte eine weitläufig wuchernde Phantasie, möchte ich Sie doch bitten, mitzuerleben, welch konsequente, betörende und schillernde Kapriolen meine Lebenswege zu schlagen imstande waren. Seien Sie versichert, dass die sogenannte Realität meines Lebens selbst meine Fähigkeit, zu phantasieren, mit großem Abstand hinter sich gelassen hat.

Das ist Ihnen alles ein wenig zu abstrakt?

Entschuldigen Sie, ich werde mich bemühen, sofort real, prall und buntgefächert wie das Leben zu werden. Lassen Sie mich nur geschwind die Fensterflügel weit öffnen, damit die heiteren Sommerwinde ungehindert den Raum durchstreifen können und ihn verlassend, mich beflügeln, ihnen zu folgen und zu fernen Gestaden zurückzukehren.

Mit Ihrer Erlaubnis mache ich einen Abstecher in die Vergangenheit, meine Vergangenheit, sozusagen eine Rolle rückwärts auf der vorwärts hastenden Zeitspur.

Darf ich dazu meine Hand in die Ihre legen, damit, gleichsam wie ein Schiff in unsicheren Wassern durch starke Anker seine Position hält, ich unserer gemeinsamen so wunderbaren Gegenwart und hoffnungsfrohen Zukunft, trotz allem, was passieren mag, verhaftet bleibe?

Übrigens und letztens, falls ich mich in meinem Wiedererleben des Vergangenen in allzu robuster Sprache und der Darstellung hässlich zotiger Ereignisse gefalle und in keiner Weise gerechtfertigte Angriffe gegen Menschen schlechthin führe, dann bitte ich Sie, diese aus meiner damaligen Situation heraus zu verstehen, meinen geradezu krankhaften Zwang zur Rechtfertigung und meinen doch recht begrenzten Blickwinkel.

Nachdem Sie mir diese Blanko-Pauschal-Rechtfertigkeit zugestanden haben, bleibt mir nichts mehr zu tun, als das Lasso nach jenem fernen Ereignis zu werfen und mich zügig in die Vergangenheit abzuseilen.

Die eigene Entscheidung

Rums... mit samt meinem dunklen Gefängnis werde ich mit von Wut beseeltem Schwung in einen Schrank befördert. Rums... wahrscheinlich durch einen Fußtritt getroffen, knallt die Schranktür zu. Rums... jetzt hat Madame auch die Tür ihres Schlafgemachs zugeschlagen. Finsternis umfängt und packt mich. Ich bin allein. Lange sollte ich nichts mehr von der genauso schönen, wie im Durchsetzen ihrer Absichten hemmungslosen Baronesse de Cavour sehen.

Wie konnte das alles passieren? Ich habe mehr Zeit darüber nachzudenken, als mir im ersten Augenblick meiner Verbannung ins Reich der Dunkelheit klarwerden will.

Zunächst möchte ich klarstellen, dass ich das, was ich bin, aus eigenem Entscheid heraus bin. Ich bin weder durch eine Zauberformel oder besondere, schicksalsträchtige Konstellation der Gestirne, noch durch die Bosheit oder Niedertracht eines alten Weibes dieser, wie Sie zugeben werden, wunderbar gearbeitete, dreikarätige, rotstrahlende Brillantring geworden. Ach, entschuldigen Sie, Sie können mich hier im Dunkeln natürlich nicht beurteilen, aber wenn Sie sich ein wenig gedulden mögen, ich werde bestimmt wieder sichtbar werden.

Sie werden sich wundern, weshalb ein Ring, selbst wenn er von so ausgemachter Schönheit ist, wie ich es bin, sprechen, denken und fühlen kann, durchaus nicht unähnlich einem Menschen aus Fleisch und Blut. Nun, seien Sie versichert, das ist auch landläufig durchaus nicht üblich. Jedoch habe ich niemals behauptet und werde es niemals tun, dass meine Existenz von landläufiger Qualität war, ist oder sein wird.

Was kann schöner, überdauernder, strahlender, beglückender sein, als das zu sein, was ich bin: ein in rotes Gold kunstvoll gefasster und von einem der besten Diamantschleifer Frankreichs geschliffener Brillantring?

Wie Sie sicherlich bemerkt haben, gefalle ich mir darin, sehr wohl relevante Fragen aufzuwerfen, die dem Verlauf der Ereignisse vorzugreifen versuchen, diese aber doch zumindest zu dem Zeitpunkt nicht zu beantworten. Das ist ein System von mir, um Sie gewissermaßen bei der Stange zu halten. Nicht eben neu, aber immer wieder verlässlich und wirksam.

Bitte, rümpfen Sie nicht gleich in menschlicher Überheblichkeit die Nase. Mit Ihrem Körper, verzeihen Sie, einem Ding, dessen Herstellungskosten von wenigen Francs um ein Vielfaches unter den meinen liegen, ist wohl, im Vergleich, überhaupt kein Staat zu machen. Jetzt führen Sie bestimmt Ihre geistige Qualität ins Feld. Nun, die besitze ich genau wie Sie, da unterscheidet uns nichts.

Gut, dass Sie die menschliche Vernunft nicht erwähnt haben, denn eine Diskussion über diesen Punkt hätte mit Bestimmtheit einen für Sie peinlichen Ausgang genommen. Und bezüglich des Vorhandenseins einer Seele, die Sie eventuell in die Debatte zu werfen beabsichtigen, um sich nachdrücklich und entschieden von mir abzusetzen, möchte ich darauf hinweisen, dass Ihre Definition dieses Bestandteils auf Ihre diesbezüglich verzweifelte Verwirrung hindeutet. Wer kann deswegen behaupten, dass ich keine Seele habe oder bin oder was immer auf diesem religionsphilosophisch abschüssigen Gebiet Widersprüchliches behauptet wird?

Verzeihen Sie wiederum, aber Sie sind doch nichts als ein mehr oder minder gut geordneter, geformter und funktionierender Haufen belebten Fleisches. Ich dagegen bin ein nicht minder belebter Brillantring, allerdings muss ich hinzufügen, von größter Reinheit und geschliffener, zeitloser Schönheit. Meine molekulare Belebtheit hat glücklicherweise wenig von der hektisch, verkrampften Ihres Körpers, der wegen seiner hohen Anfälligkeit in dauernder Angst und Schrecken vor Schmerzen und Verlusten durch sein kurzes Leben stolpert.

Gewisse Vorteile meiner Existenz gegenüber der Ihren werden Ihnen demnach bei ausreichend objektiver Betrachtungsweise bestimmt nicht verborgen bleiben - sie liegen auf der Hand.

Ich sagte, dass ich aus freien Stücken die Ringexistenz gewählt habe. Das ist zwar richtig aber doch ungenau, denn es ist wohl das Gefühl der Verantwortung gewesen, dem ich mich unterworfen habe, der Verantwortung für das Reine, Schöne, Makellose, kurz der Ästhetik, vielleicht sogar für die Liebe, die in so ungeheuer rüder Art von den Menschen missbraucht wird.

Sie mögen mir beipflichten, dass ich Sie zunächst in die Hintergründe meiner so außerordentlichen Existenz einführen sollte.

Das Geschenk

Einst, ich möchte Sie nicht mit detaillierten Jahresangaben malträtieren, jedenfalls handelte es sich um das ausgehende 18. Jahrhundert, als sich im Königreich gewaltige Veränderungen anzukündigen begannen, einst war ich, es ist kaum zu glauben, einst war ich ein armes Bauernmädchen. Ja, wirklich, ein armes Bauernmädchen.

Sie müssen mir glauben, dass ich Ihnen diese traurige Wahrheit nicht anvertrauen würde, wenn ich nicht zugleich sicher wäre, dass Sie meiner Geschichte ohnehin nur wenig Glauben schenken werden, beziehungsweise, falls Sie diese meine traurige Herkunft Dritten weiterzugeben gedenken, wiederum diese Ihnen nur sehr bedingt das nötige Verständnis entgegenzubringen bereit wären.

Also, einst war ich ein armes, aber der ausgleichenden Gerechtigkeit halber, ein äußerst ansehnliches Mädchen vom Lande. Was kann man, was konnte ich aus einer derartigen Existenz machen? Folgerichtig benutzte ich das, was ich im Überfluss hatte, nämlich Jugend, schwarze Locken, samtene Haut, Ebenmaß der Glieder und Formen und warf all diese körperlichen Vorzüge mit verzweifelter Entschlossenheit in die vorderste Schlachtreihe meines Lebens. Kurzum, ich nahm das, was mir bis dahin als Einziges gelungen war, meinen jungen Körper, und legte ihn in die Waagschale.

Das schien mir der einzige Weg zu sein, wie ich die Schwere meiner armen Herkunft mit ihrer übermächtigen Anziehungskraft für alles Unbedeutende und Tragische zu meinen Gunsten ausbalancieren und mir vielleicht so das Leben geneigter machen konnte. Nebenbei bemerkt, genau das, was ich gegenwärtig, allerdings mit mäßigem Erfolg, auch versuche. Aber davon später.

Ich hielt mich also folgerichtig nicht mit Bauernlümmeln auf, die mir, kaum vierzehnjährig, allenthalben nachstellten, sondern begab mich schnurstracks in das eheliche Schlafgemach von Baron de Cavour. Nicht, dass Monsieur mich geehelicht hätte, wie ich allerdings die stärkste Veranlassung hatte, zu hoffen. Nein, Madame la Baronesse war gerade mit einem Geiger des höfischen Orchesters durchgebrannt, und somit war das Cavour'sche Ehebett als ich eintraf, nur halb besetzt.

Monsieur war durchaus nicht unansehnlich, ganz im Gegenteil. Er war jung und kräftig, und wir verließen das Bett nur kurz, um wieder hineinsteigen zu können. Wir waren unsterblich verliebt, und meine Existenz erhob sich durch diesen erfreulichen Umstand zu einem zwar angestrebten, doch nicht in diesem Umfang geplanten Höhenflug.

Um unserem gegenseitigen Glück symbolische Dauerhaftigkeit zu verleihen, schenkte mir Monsieur eines Nachts, berauscht vom Wein und unserer Liebe, ein kleines, herzförmiges Schächtelchen. Er legte es mir bedeutungsvoll auf jene flache Stelle, die sich unterhalb des Nabels und oberhalb der sich dunkel kräuselnden Scham befindet.

Auf diesen Vorhof der Lust, gewissermaßen dem Niemandsland zwischen den Fronten, lag das lederne Schächtelchen nur kurz. Denn hatte ich nicht seit Tagen und Wochen einen Liebesbeweis dieser Art erhofft? Aber beim Anblick des Ringes, den ich mit heißen, zittrigen Händen dem Schächtelchen entnahm, stockte mir doch der Atem, und das Glück saß mir kloßig im Hals. Dieser Ring war schöner als ich je einen zu Gesicht bekommen hatte, oder genauer, als ich je mir einen hatte vorstellen können.

Ich beugte mich zu dem vielarmigen Leuchter hinüber und durch mein überwältigendes Glück und feucht glitzernde Augen, nahm ich das strahlende Feuer des Steins auf, das mich unerklärlich und unwiderstehlich zugleich anzog. Ich schloss meine Hand um ihn und hatte das Gefühl, von etwas Unvergänglichem Besitz ergriffen zu haben; oder hatte ich mich etwas Unvergänglichem unterworfen - der Schönheit - der Harmonie, einer Reinheit, die nicht menschlichem Ursprungs zu sein schien?

Jedenfalls steckte mir Monsieur den Ring auf den Ringfinger der rechten Hand und sah mich dabei so liebevoll an, dass ich Hochzeitsglocken zu hören vermeinte. In dieser Nacht schloss ich mit meiner eigenen Existenz ab und beschloss nur noch für Monsieur zu leben.

Einige Wochen nach dieser Nacht allerdings überschlugen sich die Ereignisse und ich mich, der Not gehorchend, mit ihnen. Urplötzlich war Madame la Baronesse wieder im Schloss und somit auch im ehelichen Schlafgemach erschienen. Dissonanzen mit ihrem Geiger hatten zu dessen vorzeitigen Ableben geführt, wie ich später erfuhr.

Unmissverständlich ineinander verschlungen überraschte sie uns, so dass sich Monsieur keine Entschuldigungen ausdenken musste. Für Monsieur hatte diese unangenehme Situation die unmittelbare Folge, dass er zunächst mit mir und dann mit Madame Liebesspiele zu absolvieren hatte. Sie befahl ganz einfach und stellte bei Nichtbefolgung allerlei Drohungen über Aufdeckung und Konsequenzen in den Raum, die ihre Wirkung bei Monsieur nicht verfehlten, war er doch nur angeheiratet, wie ich dabei erfuhr.

Für mich allerdings hatte die überraschende Heimkehr der Baronesse schwerwiegendere Folgen. Mitten im erpressten Liebesrausch erblickte Madame den Ring an meiner Hand. Splitternackt und in höchst ungebührlicher Manier kreischend verfolge sie mich durch die weiträumigen Gemächer und Flure. Keuchend aber dennoch unmissverständlich ließ sie mich wissen, dass der Ring ihr gehöre, und ich diesen, falls mir mein Leben lieb sei, unverzüglich herauszurücken habe.

Ich war allerdings mit der Flucht vor diesem nackten Derwisch allzu beschäftigt, als dass ich hätte überlegen können, welchen Vorteil für mich der Abbruch dieser wilden Hatz bedeutet hätte. Im Gegenteil, ich schrie, dass der Ring nur mir gehöre, eine Behauptung, die Madame in eine Furie verwandelte. Sie duldete ohnehin keine Widerrede und offensichtlich in diesem Punkt schon gar nicht.

Dergestalt ausgestattet mit mir überlegenem Kampfeswillen und durch bessere Ortskenntnis begünstigt, ergriff sie mich schließlich an meinen langen Locken, indem sie über den blankpolierten Esstisch setzte. Bevor sie mich indes ergreifen konnte, hatte ich kurzerhand den umstrittenen Liebesbeweis verschluckt.

Zunächst ließ mich Monsieur vor den Schlossmauern und zur Belustigung der Menge auspeitschen, denn ich hatte ihn durch Hexerei zu unzüchtigen Handlungen gezwungen, so jedenfalls die öffentlich vertretene Version. Dann wurde ich in ein Verlies gesperrt. Auf der spanischen Jungfrau gestand ich mehr tot als lebendig, den Verbleib des Rings. Daraufhin bekam ich allerlei Öle und schreckliche Säfte verabreicht, die mir wie ein Sturm durch die Eingeweide bliesen, den Ring aber nicht zum Vorschein brachten.

Mit einer so anfälligen Hülle versehen, wie es leider mein Körper war, konnte ich mich dem konsequenten Forscherdrang der eilig herbeigeorderten Ärzte nicht lange widersetzen. Fachkundig schnitt man meinen weißen, jungen Leib einfach auf, fand den Ring, aber nahm sich nicht die Zeit, meinen Körper wieder ordnungsgemäß zu verschließen.

Die Wandlung

Dergestalt gezwungen meinen Körper aufzugeben, schwang ich mich, schwerbeladen mit der Trauer über meinen Verlust, auf das Einzige, was für mich noch wertvoll war... auf meinen Ring. Ich musste ihn beschützen, war er doch das Symbol meiner unvergänglichen Liebe, der Reinheit und überdauernder Schönheit. Alles, was ich jemals wirklich wollte, verkörperte für mich in diesem Augenblick der Ring. Ich musste ihn gegen eine grausame, hässliche Welt beschützen. Das war der Ausweg aus meinem schrecklichen Schicksal.

Ich wurde eilfertig von Blut befreit und sogleich Madame überbracht.
„Na bitte, warum nicht gleich", sagte sie lachend. Mit großem Wohlbehagen streifte sie mich über einen schlanken, gepflegten Finger und strebte beflügelt Monsieur entgegen.

Hier und jetzt begannen meine ersten Gehversuche als Ring, wenn Sie so wollen. Zur Fortbewegung brauchte ich fortan keine eigenen Beine mehr, ich konnte mich auf die wohlgeformten von Madame verlassen.

Hass? Nein, merkwürdigerweise empfand ich keinen Hass. Vielmehr befand ich mich in einer Art gefühlsarmen Raum, der vom Grau der Schleier durchwirkt war, die sich über meine Existenz gelegt hatten.

Im Gemach von Monsieur angekommen hielt sie mich ihm triumphierend entgegen und bemerkte mit eisigem Lächeln: „Sieh nur, mein Geliebter, ich habe ihn zurückerobert." Dann schmiegte sie sich an ihn und fügte hinzu: "Habe ich dich auch zurückerobert?"

Indem sich Monsieur unverzüglich die Beinkleider aufknöpfte, bemerkte er genau so beflissen wie charmant:

„Cherie, ich habe dir doch immer gehört, wie kannst du mich da zurückerobern?" „Bis auf die Intervalle deiner Untreue, du Schurke", seufzte Madame als ihr Monsieur mit seiner mir so vertrauten Ausrüstung unter die hochgehaltenen Kleider fuhr. Dabei versuchte er mich zu küssen, was mir außerordentlich guttat, bin ich doch für Bewunderung so bemerkenswert anfällig.

Und gerade in diesen ersten Momenten meines Ringdaseins konnte mich nur Bewunderung aus meinem namenlosen Trauer befreien. Ich belohne Monsieur mit einem noch ungeübten aber doch recht strahlenden Lichtbogen. Er bemerkte dies ganz offensichtlich, denn er wurde über alle Maßen hemmungslos, so dass ich mir Sorgen um die eher zierliche Konstitution von Madame machen musste. Dann wurde es plötzlich ruhig um mich herum, und ich schmückte eine reglose Hand, deren Besitzerin zufrieden und mit offenem Mund entschlummert war.

In dem hübsch verzierten Spiegel, der aus liebestechnischen Gründen angekippt war, um den Vorgängen auf dem Bett zusätzlich Aufmerksamkeit schenken zu können, erblickte ich mich. Welch ein Unterschied! Welche Kluft klaffte zwischen meiner strahlenden Reinheit, meiner geschliffenen Strahlkraft und diesen in einander verdrehten, abgeknickten, erschlafften Körpern.

Sind es nicht schwer kontrollierbare, äußerst anfällige Dinger, die schon bei der geringsten Abweichung der mit 37 Grad festgelegten Arbeitstemperatur ihre Funktionsfähigkeit einbüßen? Zerbrechlich und schnell verwelkt, ein Vabanquespiel, ein Tanz auf dem Drahtseil sich auf derart unzureichendes Material verlassen zu müssen. Nur Verzweifelte, denen keine andere Wahl bleibt, müssen auf solch minderwertiges Gerät zurückgreifen.

Dagegen setzen Sie den unermesslichen Vorteil, ein Brillantring zu sein! Ein Leben lang, oder wenn Sie so wollen, viele Leben lang auf Händen getragen zu werden. Hier, wo die Aktion ist, hier wo man aus erster Hand erlebt. Welch´ großartige Sicherheit, welch strahlend schönen Unterschlupf gewährt ein Ring!

Zufrieden und stolz, ja stolz, von so erhabener Qualität zu sein, ließ ich mich rücklings in mein exquisit geschliffenes Spektrum fallen und dämmerte mit Genugtuung und im Einklang mit allem, was Ästhetik verkörpert, ganz neuartigen Abenteuern entgegen.

Verantwortung war das erste Gefühl, das mit mir von fernen Gestaden wogender Meere und blitzenden Sonnen zurück- und auftauchte. Ich konnte mich nicht erinnern, in welchem Zusammenhang dieses Wort von Bedeutung war, aber zum Nachdenken hatte ich jetzt ohnehin wenig Zeit. Madame nahm ihre Hand samt mir plötzlich hoch und schlug Monsieur über´s Maul. Den Grund, weshalb sie das tat, hatte ich offenbar verpasst. Jedenfalls verließen wir demonstrativ das Schlafgemach und einen finster dreinblickenden Monsieur.

Durch die Wut von Madame beflügelt und zuversichtlich, dass intcressante Begebenheiten bevorstünden, stob ich mit ihr durch die Flure hin zu ihrem Gemach. Hier angekommen, missverstand sie aber ganz offensichtlich meinen strahlenden Ausdruck. Sie sah mich kurz aus kalten Augen an und steckte mich in eine kleine Schatulle. Sie klappte den Deckel zu und schleuderte mich samt meinem Gefängnis mit weitem Schwung in einen offenen Kleiderschrank. Dann schlug sie kraftvoll die Schranktür zu, und gleich darauf fielen auch die hohen Flügeltüren des Zimmers, vermutlich mit zierlichem Fuß aber herrischer Bestimmtheit getreten, ins Schloss.

Mit dieser Beschreibung bin ich nunmehr gleichauf mit der Gegenwart, was heißt, dass Sie nun die Vorgeschichte zu diesem, meinem unlöblichen Aufenthalt in einem Kleiderschrank kennen und sich auf zeitlicher Augenhöhe mit meinen Abenteuern befinden.

Bericht aus dem Exil

Ich habe jetzt Zeit, viel Zeit, um mit meiner neuen Existenz in Einklang zu kommen und wieder nach vorn zu blicken. Soweit ich mich erinnere, brauchen Menschen, um ihr eher, verzeihen Sie, recht erbärmliches Leben zu führen, Luft, Licht, Wasser und feste Nahrung.

Eine gewisse, wenn auch noch so hinkende Analogie erkenne ich darin, dass ich, der Ring, Licht brauche, Unmengen von Licht. Nein, ich bitte Sie, nicht zum Überleben! Überleben kann ich auch ohne Licht; aber ist nicht die Qualität des Überlebens von allergrößter Bedeutung? Was ist ein Leben ohne Glanz?

Menschen mögen damit zufrieden sein, ich nie! Wie kann es Glanz ohne Licht geben? Es kann nicht sein. Je mehr Licht, desto mehr Glanz. Und umso mehr Schatten, mögen Sie einwerfen? Das ist richtig, und seien Sie versichert, ich liebe auch den Schatten, denn ist es nicht seine Anwesenheit, durch die ich mich entscheidend und strahlend von meiner Umgebung abhebe? Und der Glanz, den ich derart verbreite, kulminiert in Bewunderung, die mir allenthalben entgegengebracht wird. Und von Bewunderung lebe ich, sie ist meine Hauptnahrung.

In diesem Schrank aber bin ich zu einem ganz und gar bewunderungslosen Dasein verdammt. Doch zumindest komme ich dem auf die Spur, was schon mehrmals aus der Tiefe meines Spektrums an die Oberfläche geschwappt ist ... Verantwortung. Ich fange an zu begreifen, was ich der Welt der menschlichen Hässlichkeit entgegenzusetzen habe und welcher Partei ich mich anzuschließen habe - der Partei der stolzen, wertfreien, unvergänglichen Schönheit. Sie habe ich den Menschen entgegenzuhalten, ihren falschen Werten, ihrer hündischen Demut, ihrem hektischen Dahinsiechen, ihrer Hässlichkeit in Idee, Wort, Form und Handlung.

Hochfliegende Pläne für einen Ring, der obendrein auch noch in einem aristokratischen Kleiderschrank im Exil lebt? Finden Sie? Wissen Sie, ich denke in anderen Zeiträumen, ich habe Zeit im Überfluss. Zugegeben, ich bin zu einer augenblicklichen äußeren Statik verdammt, aber glauben Sie nicht, dass meine molekulare Beweglichkeit dadurch ungebührlich beeinflusst wäre.

Was das Leben anbetrifft, das sich außerhalb meines Exils zuträgt, so ist es das Leben, das sich in einem Schlafgemach einer Dame vom Schlage der Baronesse de Cavour eben abspielt. Ich kann Ihnen versichern, dass das Schnarchen von Madame bei weitem an oberster Position meiner nach unten offenen Ästhetik Skala der erzeugten Geräusche liegt. Was sich hier an großspuriger Dummheit und kurzatmiger Hässlichkeit zuträgt, will ich Ihnen zu wissen ersparen. Ihre Phantasie wird Sie besonders in der angesprochenen Hinsicht nicht im Stich lassen.

Jedenfalls sei von meiner Seite dazu gesagt, dass ein Ausgleich von unterschiedlichen Spannungszuständen und Energieströmen, wie sie zwischen menschlichen Körpern mit ungewöhnlich viel Anstrengung und Verrenkung verabfolgt wird, zwischen physikalischen Körpern und Einheiten verschiedener Schwingungsfrequenzen und Energiezuständen überaus ästhetischer und bewunderungswerter abläuft.

Denken Sie an ein Hoch, welches ein Tief auffüllt, an die Lichtexplosionen eines Gewitters mit seinem majestätischen Donnerrollen, an einen strömenden Fluss, der sich in eine Schlucht hinabstürzt, ein Vulkan, der dem Druck von millionenjähriger Unterdrückung nachgibt. Oder nehmen Sie nur die sanften Sommerwinde, die scheinbar aus dem Nichts geboren, kühlend über Felder und Wiesen streichen.

Liebesakt! Dass ich nicht lache. Ein ziemlich hochtrabender Ausdruck für eine Handlung, die sich zwischen

Lächerlichkeit und Hässlichkeit nicht entscheiden kann, und deshalb wohl mit so viel Hartnäckigkeit immer erneut wiederholt werden muss, um zu entscheiden, welcher Ausdruck nun den Nagel auf den Kopf trifft.

Ersparen Sie mir und sich, an Ereignissen zu rühren, die sich einzig und allein durch Abwesenheit von Schönheit hervortun. Allerdings muss der Gerechtigkeit halber zugegeben werden, dass ich während dieser Zeit weder sehen noch gesehen werden konnte, welcher Umstand dazu beitragen mag, Dinge und Vorgänge kritischer zu beurteilen, als sie womöglich verdient hätten.

Rückblickend war ich während meines Schrankexils wohl eher einem Blinden oder besser noch, einem Seismographen vergleichbar, der auf die Erschütterung eines Weltbildes, das allein auf Schönheit aufgebaut ist, außerordentlich sensibel reagierte.

Und die Männer, die mit großer Beharrlichkeit Madame den Hof machen oder besser gesagt, ihr auf den Leib rücken? Zunächst reden sie gewöhnlich die Pflicht, aber einmal an das beidseitig angestrebte Ziel gelangt, gehen sie nahtlos und ohne weitere Umschweife zur Kür über, das heißt, sie legen ihre einstudierten Artigkeiten ab und handeln ungeniert und reden, wie ihnen der oft allzu große Schnabel gewachsen ist.

Häufig sprechen sie dann von Politik, ich meine natürlich nach dem Spannungsausgleich, und ihrem wichtigen Einfluss auf den Gang gewisser Entwicklungen. Das interessiert mich schon mehr. Nicht weil ich dieses Gerede höher einschätze als ihre Einführungsgespräche, oder gar, weil ich einem politischen Ring angehöre. Nein, ich bin an Politik interessiert, ähnlich einem skrupellosen Spekulanten oder Waffenbauer, weil ich mir von ihrem Einfluss auf die Gesellschaft etwas verspreche: Unruhen, Revolten, Umstürze aller Art.

Woran mir also in erster Linie liegt, ist, dass es Monsieur und Madame an die Gurgel geht. Nicht etwa, weil ich plötzlich eine verspätete Rache verspüre oder dem Straßenpöbel zugetan wäre, sondern weil ich darin eine schnelle Chance sehe, dass mein Exildasein beendet wird.

Die Befreiung

Und wieder graut ein neuer Morgen. Die ersten, flachen Sonnenstrahlen kann ich durch die Ritzen meines Gefängnisses ausmachen. Ich höre, wie sich Madame mit genussvollem Stöhnen wahrscheinlich noch einmal auf die andere Seite dreht.

Dagegen sind andere an diesem Morgen schon lange auf den Beinen. Und da sind sie endlich, meine Befreier, wie ich vermuten darf. Junge, laute, rauflustige Halunken stürmen durch das Schloss und in Madames Schlafgemach. Diese Menschen von ungezügeltster Art halten sich nicht mit Pflichtgesprächen auf, sondern gehen sofort zur Kür über. Nie konnte Madame den Hals vollkriegen. Jetzt, wohl mehr gegen ihren Willen, wie ich aus ihrem Kreischen folgern muss, will es ihr gelingen. Welche Bewegung diese Schurken mit sich bringen... und Licht!

Zunächst erblinde ich im grellen Blitz eines Mündungsfeuers. Eine Kugel streckt den Mann nieder, der mich gerade aus meiner Dunkelheit befreit hat, aber nun schon wieder mit erstarrtem Staunen fallen lässt. Ein besonders engagierter Raufbold hebt mich auf und nimmt sich kaltschnäuzig die Zeit, mich ins Morgenlicht empor zu halten und genau zu betrachten. Er scheint meinen Wert auf Anhieb erkannt zu haben, als er seinen Komplizen hat abblitzen lassen. Eine erstaunlich zielstrebige Handlung, die mich hoffen lässt.

Der letzte Interessierte steigt von Madame, und ordentlich, wie Halunken bisweilen sind, bläst er ihr mit seinem Dolch das ohnehin nur noch flackernde Lebenslicht aus.

Obwohl Gewalt das Metier meines neuen Helden zu sein scheint, kann sich auch sein kleinster Finger keinen Weg in meine ihm bereitwillig dargebotene Öffnung bahnen. So lande ich in einem schmutzigen Schnupftuch, das außer einer

Vielzahl eindeutig schrecklicher Gerüche auch einen dünnen Parfumduft beherbergt, nichts Feines wie bei Madame, aber trotzdem richte ich meine ganze Hoffnung auf diesen dünnen Geruchsfaden.

Es sind schon wilde Gesellen, die da durch das Cavour'sche Schloss morden und plündern. Kerle, die eine erstarrte Mausoleums-Ästhetik gegen eine neue, dynamische Hässlichkeit von umfassendem Ausmaß auswechseln wollen und ihrer Weltanschauung mit abgewetzten Begriffen wie Freiheit, Gleichheit und Brüderlichkeit eine neue Haft- und Haltbarkeit verschaffen wollen. Dem hatte offensichtlich auch Monsieur nichts entgegenzusetzen, denn er liegt mit glasigem Blick zusammengefaltet in einem Gang, den mein Held auf schnellen Beinen durcheilt.

Ja, bevor sie in meine Welt eingebrochen sind, bin ich bereits bestens über ihre radikalen Begradigungsabsichten menschlicher Verhaltensknicke informiert worden. Ich habe meine Lektionen in Madames Schlafgemach gelernt und begriffen.

Mein neuer Held scheint von jener Art zu sein, die zu Friedenszeiten ein unauffälliges Leben führt, ohne besonderen Glanz und Höhepunkte, die nur hier und da ein Vergehen geringen Ausmaßes in ihren grauen Alltag einzuflechten vermag, denn zu mehr Aktivität fehlt es ihr an Kreativität und Eigendynamik.

Sobald aber von dünnblütigen Dummköpfen neue Ideen ausgebrütet werden, die dann von dickbäuchigen Organisatoren als Werkzeug für wirksamere Unterdrückung der Massen erkannt und zur Durchsetzung in Auftrag gegeben werden, in solch unruhigen Zeiten wachsen Menschen, wie René, so heißt mein neuer Träger, aus einer Art Winterstarre auf. Und wie an den ersten warmen Tagen im Jahr Mückenschwärme aus dem scheinbaren Nichts aufsteigen und sich auf das schwitzende

Fleisch unachtsamer Liebender stürzen, genauso stürzen sich die Renés auf die zahlreichen Unrechte, die es in Zeiten umfassender Unruhen zu begehen gilt.

Der Revolutionär

René macht seine Sache gut, das heißt, er bleibt am Leben, woran mir zunächst gelegen sein muss. Nicht auszudenken, wenn ich in dem schmutzigen, stickigen Dunkel seines Schnupftuchs Jahrhunderte überdauern müsste!

So halte ich meinen brillanten Atem an und René schließlich auch sein Pferd, das uns bis vor die Stadt getragen hat, denn das städtische Pflaster ist seit geraumer Zeit in weichen Wald- und Sandboden übergegangen. René lacht, pfeift sich ein Liedchen und steigt vom Pferd. Er ist guter Dinge, er hat sein Tagwerk getan, Ordnung in Unordnung, oben in unten und Leben in Tod verwandelt. Mir soll's recht sein.

Mit prallen Schritten federn wir voran und betreten, ein unvermittelter Lärmknall verrät es mir, eine offenbar vollbesetzte Schankstube. „Einen Krug, Caroline, oder besser gleich zwei", grölt René. Man rutscht beiseite, und wir lassen uns auf eine Bank fallen. Wir sind hier wer, mein Herr und ich.

René ist einer von ihnen, diesen Handlangern derjenigen, die das Land einmal oder auch mehrmals auf den Kopf stellen wollen, bis es wieder genauso schräg oder schlimmer noch, schräger steht als zuvor. Nie geht es irgendjemandem dabei um eine wirkliche Verbesserung der jämmerlichen Zustände, in denen die Menschen dahinvegetieren. Wie sollte es auch! Wenn ein Würfelbecher auch noch so oft geschüttelt wird, was am Ende herauskommt sind Würfel, und die Sechser sind die Gewinner, die immer von derselben Bande präpariert werden. Hier im blauen Dunst von gestohlenem Tabak und im Rausch exzellenter Weine aus herrschaftlichen Kellern, kondensiert schillernde Dummheit zum Wegbereiter einer neuen Epoche, wie sie es großspurig nennen.

Man hebt Krüge auf unser Wohl, auf den mutigsten der Royalisten Schlächter, ein Hoch auf meinen René, den Kämpfer für Freiheit, Gleichheit und Brüderlichkeit. Eins ist klar, die Royalisten gehören nicht zu dieser Brüderlichkeit, und Gleichheit habe ich bei Menschen bisher nicht ausmachen können. Freiheit? Wie kann jemand frei sein, wenn er in einem derart anfälligen Körper steckt?

Und dann wird's eng. Caroline, das Schankmädchen setzt sich auf René und mich. Ich habe jetzt eher Platzangst, als dass ich mich über den ansonsten durchaus erwünschten Damenbesuch freuen könnte.

„Was hast du denn da Hartes in der Tasche", investiert Caroline dummerweise in ein Lärmloch hinein, so dass es jeder am Tisch hören kann. „Meinen Glücksbringer", grinst René, begleitet von grölendem Gelächter. Natürlich meint Caroline mich, aber René ist eben ein Kerl. Vor dem Gesetz mögen sie nicht gleich sein, aber vor einer Frau sind sie es allemal. „Nein, du Schwein", kichert sie, „das hier in deiner Tasche meine ich doch." „Das meint er ja auch", grölt die Umgebung.

Mit weiblichem Instinkt für Schmuck fährt Caroline bereits ihre Fühler aus, so hoffe ich jedenfalls. „Ein Schmuckstück?" Sie gurrt ihm ins Ohr und beweist, dass sie im Hintern mehr Gefühl besitzt, als René in seinem gesamten Organismus. „Vielleicht", lacht René, „Vielleicht", und küsst sie schmatzend.

Nach wie vor muss ich versuchen, den Atem im Schnupftuch anzuhalten, aber immerhin kommt langsam die Befreiung aus meiner misslichen Lage in Sicht.

„Ich könnt' schon bald weg", flötet Caroline vielversprechend meinem René ins Ohr. Ihre Neugier auf mich scheint entfacht zu sein. Deswegen mag ich Frauen. Sie vertrauen ihrer Intuition und sind dann so übernatürlich zielstrebig. Männer dagegen vertrauen Institutionen und ihre vielgepriesene Stärke bezieht sich mehr auf ihren Geruch, ihre grobe Stimme und ihre Tollpatschigkeit. René erfreut sich obendrein noch ungehindert einer besonderen Dämlichkeit, denn er ist stark genug, der Welt zu beweisen, wer Recht hat.

René will weder sich noch sein Freundespack enttäuschen. Er hat´s nicht eilig hier fort zu kommen. Halbbetrunken sei rausgeworfenes Geld, meint er und hat ja auch mit Caroline eine sichere Beute fast schon zwischen den Zähnen.

Die Bewunderung

Viele weitere Krüge später und zusätzlich erfüllt von seiner menschlichen Bedeutung und umfassender Beliebtheit, erheben wir uns endlich, aber René fällt sogleich der Länge nach um. Wir bekommen einen Eimer kaltes Wasser über den Pelz gegossen, und die Nässe dringt bis zu mir ins Schnupftuch.

Mit fremder Hilfe gelingt es, Renés übergewichtigen Rumpf auf nachgiebige Beine zu stellen, und unterstützt von Caroline, verlassen wir schwankend, wie ein Schiff in heftiger Brandung, die Schänke. Allen dreien ist uns zum Kotzen. Mir wegen der heißen, stickigen Enge (ja, natürlich, auch ein Ring kann sich unwohl fühlen, was glauben denn Sie?). Caroline, die wenig Zeit gehabt hat zu trinken, aber das Wenige auch nicht vertragen hat, und René, weil sich seine Eingeweide schließlich doch ein Herz fassen und gegen ihren Herrn rebellieren.

Die Palastrevolution in René verläuft erfolgreich entlang des Wegs. Caroline ist wohl durch die frische Luft wieder ganz bei der Sache und streicht mir mehrmals beiläufig über den kantigen Kopf, während sie René hilft irgendwie voranzukommen. Zum Glück wohnt sie ganz in der Nähe, denn den Mann auf sein Pferd zu befördern, wäre uns beiden nicht geglückt. Die letzte Schwierigkeit kommt in Form einer glitschigen Holztreppe auf uns zu.

Obwohl René das Hindernis mehrmals verweigert, nimmt er schließlich diese letzte Hürde vor Carolines Bett in der stürmisch, steifen Manier Betrunkener. Endlich liegen wir drei in Carolines nicht gerade weichem, aber immerhin Bett.

Ich hoffe nur, dass mein Engagement für diese beiden Menschenkinder nicht vergeblich ist. René scheint etwas mehr zu sich zu kommen, als ihm Caroline die Hose auszieht. Er grunzt genüsslich, rülpst ganz außerordentlich weit hergeholt und packt sich mit schnellem Griff Caroline, wie ein Chamäleon die Fliege.

Das erblicke ich und obendrein das dämmrige Morgenlicht, weil ich Caroline bei der plötzlichen Attacke aus der Hand falle. Natürlich war es ihre erste Handlung gewesen, in die Tasche der ausgezogenen Hose zu fahren und mich zu fassen.

Nun liege ich vor dem Bett und blinzle aufgeregt in den frühen Morgen. Ah, wie das Licht guttut! Ich bade meine scharfen Kanten und glatten Flächen, meine ganze köstliche ovale Rundung im neuen Licht eines jungen Morgens. So sehr ich mich auch recke, in dem kleinen Wandspiegel kann ich mich nicht sehen, aber natürlich weiß ich, dass ich strahlend schön bin, und ich werde mit Sicherheit Caroline in Verzückung versetzen.

„Ma Chère, dann laß'uns mal sehen, was noch geht", brummt René, als er Caroline die widerspenstige Unterwäsche mit einem Knall vom Leib reißt. Es gibt naturgemäß keine Pflichtgespräche.

Übrigens, ich habe eine glückliche Hand gehabt. Caroline ist für ein Mädchen gut gelungen: langes, rotes Haar umlockt ein schmales Gesicht mit, wenn ich mich nicht täusche, wie erwähnt, das Licht ist früh, flach und mein Blickwinkel ungünstig, mit großen, grünen oder blauen Augen. Gerade Schultern, mittelgroße, aufrechte Brüste, flacher Bauch, das Hinterteil genügend ausgebuchtet, um die Wölbung der Brüste auszugleichen, die Beine ausreichend lang, die Füße klein und kräftig. Ihre Haut ist durchgehend wie feinstes Porzellan. Es ist nicht leicht das alles im Morgenlicht auszumachen aber andererseits kenne ich mich aus, Formen sind meine Spezialität.

Sie mögen bemängeln, dass ich mir im Beschreiben von Äußerlichkeiten gefalle und dass es letztendlich auf innere Werte ankomme. Ich kann Ihnen versichern, dass danach bei

Menschen auf die Pirsch zu gehen, wenig erbaulich bis fruchtlos ist. Glauben Sie mir, ich weiß, wie es im Inneren eines jungen Mädchens aussieht. Erinnern Sie mich nur nicht daran!

Ebenfalls ersparen Sie mir bitte, René zu beschreiben, wie er in seinem von Dreck verklebtem Hemd und halbabgefallenen Fußlappen seinen Hintern wie einen Rammbock auf und nieder sausen lässt in der vergeblichen Bemühung, ein Burgtor zu durchstoßen, das bereits weit geöffnet ist. Auch Carolines Bewegungen sind wenig vorteilhaft, hektisch aber wohl notwendig.

Liebesakt, Schönheit der Liebe, dass ich nicht lache! Wieder nur Äußerlichkeiten, werden Sie einwerfen; aber sagen Sie mir, warum ich nicht auch hier den Maßstab der Schönheit anlegen sollte, dessen oberstes Skalenende die brillante Zerlegung der gleißenden Sonnenstrahlen in ihre spektralen Farbbögen darstellt?

Was am Menschen oder vom Menschen ausgehend kann sich damit messen? Ich weiß, dass Liebe bei Menschen einen besonderen Stellenwert einnimmt und dementsprechend häufig und beharrlich beschrieben, besungen und bemalt wird. Aber betrachten sie doch, worin diese Liebe in fast allen Fällen resultiert: in einer Aktion, über die ich mich nun nicht weiter auszulassen gedenke. Darf ich auf Ihr Urteil hoffen? Bitte.

Nun gut. Jedenfalls verschafft sich René erneut Zugang in Carolines Körper, die dabei auf dem Bauch zu liegen kommt und somit den Blick hinunter zu mir wagen kann. Diesen Augenblick benutze ich, um ihren hastigen Blick zu fesseln, indem ich ihr einen roten, scharfen Reflex, den ich mir von der Morgensonne ausborge, mitten in die grünen Augen blitze. Sie versteht mich sofort, denn etwas zu lang bleibt ihr Blick an mir haften. Sie wird jetzt wissen, dass ihre Dienstleistung mit einem dauerhaften Lohn beglichen werden wird, und sie packt ihr Schicksal mit mehr Hingabe beim Schopf, als es vielleicht nötig wäre. Dann werden die beiden fertig, was René sofort veranlasst, ausgiebig zu schnarchen.

Caroline erhebt sich und dann auch mich, streift mich über den Ringfinger ihrer linken Hand, hält mich etwas entfernt von sich hinaus in die kühle Morgenluft, um meine Wirkung besser genießen zu können. Ich bringe ihren glücklichen Augen mein gesamtes schillerndes Spektrum dar. Wir mögen uns, und wir brauchen uns. Endlich werde ich wieder bewundert.

Wir waschen uns in kaltem, klaren Wasser. Caroline hat mir ihre Hand dargeboten, und nur allzu gern nehme ich diese an und streiche ihr zärtlich mit glitzernder Strahlenhand über ihren jungen Körper. Wir haben miteinander Glück. Wir sind glücklich.

René besucht uns seit geraumer Zeit nicht mehr. Er ist durch eine Überdosis Blei im Körper von der Bildfläche verschwunden. Bei der Art zu leben, musste er ja über kurz oder weniger wahrscheinlich lang, am falschen Ort zur falschen Zeit stehen.

Caroline ist zunächst traurig, aber da sie prall voller Leben ist, kann ihr auf die Dauer ein fremder Tod wenig anhaben. Ganz zu schweigen von mir, der ich im Besonderen René ohnehin nicht mochte und im Allgemeinen den Tod der menschlichen Körper mit Interesse verfolge, denn er bringt Abwechslung und Bewegung in langweilige Besitzverhältnisse.

Mit anderen Worten, die grünäugige Caroline und ich sind schnell wieder obenauf. Sie besitzt einen für ihre einfache Herkunft durchaus nicht üblichen Elan, der sie über soziale, über gesellschaftliche Barrieren hinwegsetzen lässt. Zumindest ist das mein Plan. Caroline weiß, was sie will: raus aus dem Dreck. Ihre Schönheit hilft da beträchtlich, ja, ist ihr Hauptargument, das jede Diskussion für sich entscheiden sollte.

Der Marquis

„Meine allerschönste Dame, darf ich es wagen, Ihnen meine Begleitung anzubieten?" Endlich hat sich der elegante junge Herr ein Herz gefasst und reißt mich aus meinen Betrachtungen. Caroline schlägt die Augen auf, grün, zuchtvoll und überrascht. Gut gespielt! Der junge Herr wird dem nicht entnehmen können, dass wir seit Tagen hier an der Hafenmole sitzen, um ihn gewissermaßen zu einer Annäherung zu zwingen. Allerdings war er heute zum ersten Mal wieder auf diesem für ihn sonst so gewohntem Rundgang am Hafen erschienen. Drei Tage lang hat er uns zuvor versetzt.

Caroline ist, wie bereits erwähnt, von großer Zielstrebigkeit, und seitdem sie diesen Plan mit dem jungen Herrn im Kopf hat, hat sie dafür kaum noch etwas im Bauch. Die Rebellion ihres Körpers gegen diese Vernachlässigung bringt ziemlich ungebührliche Geräusche mit sich, die aber der Hilfsbereitschaft des jungen Herrn durchaus nicht abträglich sind. Im Gegenteil. Beide lächeln wie Verbündete, als solch ein Protestruf verklingt, sie wundervoll verlegen und er wohlwollend interessiert.

Caroline springt nun behände von ihrem Poller, auf dem wir so viele Nachmittage vergeblich gewartet haben. Natürlich haben uns immer wieder irgendwelche Männer angestarrt und Bemerkungen zueinander gemacht. Einige waren mutig und machten meiner stolzen Caroline ein- oder zweideutige Anträge. Wir haben dann nichts gesagt, das Magengrollen unterdrückt, und stumm und unverwandt auf das Meer hinausgesehen. Unterschiedlich schnell begriffen die Männer, dass wir auf unseren Angebeteten warten, der in Kürze über das weite Meer zurückkehren wird.

Wir wollen uns nicht mit hastigen Happen zufriedengeben, wenn vielleicht ein lebenslang satter Bauch in Aussicht steht.

Wir wissen um unseren Wert und die Begierde der Männer, die für ein unverfängliches, oberflächliches Benutzen eines weiblichen Körpers ganze Königreiche verschenken, falls sie denn solche besitzen.

Ich bin mir nicht ganz im Klaren ob der Hunger und die damit einhergehende Schwäche ihren Tribut fordert, oder ob sie die Ohnmacht spielt. Jedenfalls fällt Caroline dem erstaunten jungen Herrn ohnmächtig in die Arme. Dieser aber hat mit einem derartigen Aufprall sich hingebender Weiblichkeit nicht gerechnet, und so finden wir uns alle drei im Staub der Uferböschung wieder.

Die Tatsache, dass Caroline auf ihm zu liegen kommt, verfehlt ihre Wirkung bestimmt nicht, sei es nun geplant oder nicht. Er lacht verlegen und erhebt sich mit der süßen Last auf seinen kräftigen Armen. Den Hut lässt er sich von einem herbeigelaufenen Burschen aufsammeln. Eine Hand erhebt sich kurz aus Carolines Röcken und winkt eine Kutsche herbei.

Der junge Herr trägt, schiebt und drückt uns und sich durch die enge Kutschtür und lässt sich mit der ihm so unverhofft in den Schoss gefallenen jungen Dame auf den samtweichen Sitz fallen. Dann beugt er sich aus dem Fenster und will wohl dem Kutscher Anweisung über das Fahrtziel geben.

Just in diesem Moment tut Carolines Gedärm einen derartigen Aufschrei, dass erstens der junge Herr seinen Kopf geschwind wieder aus dem Fenster zurückholt, und zweitens Caroline die Augen aufschlägt, grün und verhangen und sich umschaut. „Oh, mon dieu, wo bin ich", fragt sie, den Umständen entsprechend. Indem er seinen liebevoll interessierten Griff um sie lockert, bemerkt er verlegen aber doch folgerichtig: „In meinen Armen, schönes Fräulein. Man ist ohnmächtig geworden."

Schon Carolines zweite Äußerung ist aber nun dazu angetan, dem jungen Herrn klarwerden zu lassen, dass er hier an der Hafenmole einen ganz besonderen Fisch an Land gezogen hat oder genauer, dass er einen ganz besonderen Köder verschluckt hat. Nur männlich, wie er zweifelsfrei ist, bleibt ihm letztere Erkenntnis verschlossen.

„Ich heiße Caroline Vermont und habe seit drei Tagen auf Sie gewartet. Mein Herr, wo waren Sie?" Das nenne ich geradeaus mit der Sprache. Damit setzen wir uns aufrecht und etwas distanzierter von dem jungen Herrn. „Schönes Fräulein Caroline", versucht er sich zu rechtfertigen. „Ich wusste nicht, dass wir verabredet gewesen wären." Doch auf ihre unschuldig fragende Miene fügt er schnell charmant hinzu: "Aber sollte man nicht mit der Schönheit in ständiger Verabredung sein?"

„Darf ich Monsieur zum Stadtschloss fahren", meldet sich der Kutscher von seinem Bock etwas vorlaut. „Nein, fahr er mich zum Landschloss oder besser doch in die Stadt", bestimmt der Marquis de Beaufort, um eben diesen handelt es sich nämlich.

Dass er nur noch mit Monsieur angesprochen wird, hat die neue Zeit mit sich gebracht, aber sein Leben sowie sein Besitz sind ihm geblieben, was meiner These Kraft verleiht, dass Revolutionen Bewegung bringen, Erscheinungsformen verändern, aber Inhalte nicht antasten. „Beeil er sich", ruft er zum Kutscher und zu uns gebeugt: "Wir sind hungrig, wenn ich die Zeichen richtig deute." Zielstrebig rüttelt uns die Kutsche voran, zu glücklichen Zeiten, wie wir alle drei Anlass haben zu hoffen.

Wer nun glaubt, dass meine Caroline mit der Tür ins herrschaftliche Haus fallen würde, den muss ich enttäuschen. Sie ist nicht bereit, mehr von ihren Waffen einzusetzen, als unbedingt erforderlich ist.

Die Hand des jungen Herrn, feingliedrig und unruhig, die sich wie von ungefähr, das Schütteln der Kutsche nutzend, auf den rechten Schenkel von Caroline verirrt zu haben vorgibt, wird mit freundlicher Bestimmtheit wieder auf den grauen Gehrock zurückbeordert. Entschuldigend seufzt der junge Marquis, als wenn nur der Zustand der Straße zur Rechenschaft herangezogen werden kann.

Natürlich ist er aber auch von dem unerwarteten Anstand dieses Mädchens, das doch aus einfachsten Verhältnissen zu kommen scheint, überrascht, angezogen, fasziniert. Mit anderen Worten: er ist uns auf den Leim gegangen. Er hat sich in dem Gestrüpp aus sich unerwartet hingebender Weiblichkeit und ihrer stolzen Keuschheit verirrt. Eine sehnsuchtsvolle Neugier oder auch nur Gier ist in ihm entfacht, diese mächtigste aller Triebfedern menschlicher Emotionen, wenn ich das richtig einschätze.

Und wieder bewundere ich Carolines gradlinige Beharrlichkeit. Sie sagt nichts. Stattdessen besieht sie mich mit liebevoller Genauigkeit. Das späte Licht der roten Abendsonne, durch die vorbeiziehenden Häuser und Bäume in Stakkato-Strahlenbündel zerteilt, bricht sich in mir, und ich zersplittere es in das ganze Spektrum meiner Bewunderung für Caroline und zugegeben, für meine Begeisterung auf bevorstehende Abenteuer.

Ich kann beobachten, ja aus nächster Nähe teilnehmen, ohne befürchten zu müssen, durch die Anfälligkeit eines schwachen Körpers begrenzt, verunsichert und behindert zu sein. Welche zweifelhaften Lehrmeister sind Furcht und Schmerz, denen die Menschen so hoffnungslos ausgeliefert sind. Mein Brillantkörper operiert auf einer erheblich anderen Bandbreite physikalisch-chemischer Schwingungen und bietet mir so ein sicheres und dauerhaftes Versteck.

Caroline wartet ab, zumindest was den Austausch von Wörtern anbelangt. Sie lässt ihre Lieblichkeit alle die Argumente bringen, die notwendig sind, den jungen Herrn, einer Festung gleich, zu stürmen, einzunehmen und für eine dauerhafte Beherrschung aufzubereiten. Wie einfältig doch diese Festungen verteidigt werden! Der Marquis lehnt sich genüsslich zurück und findet wohl die Welt und sein Leben in ihr ganz hervorragend, denn er sieht sich gewiss als Herr und Lenker der Situation.

„Das ist ja ein ganz exquisit geschliffener Brillantring, Fräulein Caroline", sagt der Marquis in das rumplige Schweigen.

Es tut gut, als das erkannt zu werden, was man wirklich ist. Meine bemerkenswerte Einzigartigkeit gibt ihm wohl Grund zu der Befürchtung, dass das Mädchen nicht nur auf ihn gewartet haben mag. Er ist auf Eigentum aus, Leibeigentum, und etwaige Fremdansprüche müssen sofort erkannt und nach Möglichkeit eliminiert werden. Er will, dass Caroline sich unterwirft, ganz ähnlich dem, was wir von ihm wollen. Das trifft sich gut, wir sind da aber im Vorteil, denn er gesteht uns nur Schönheit zu, allenfalls noch Armut. Sich selbst kann er nicht als Opfer unserer Gelüste sehen.

„Mein Vater hat ihn mir auf seinem Totenbett an meinen Finger gesteckt", lügt Caroline genauso behände wie erfolgreich. Damit ist der vermeintliche Nebenbuhler von der Bildfläche gewischt. „Mein aufrichtiges Beileid. Ihr Herr Vater war bestimmt ein guter Mann", bemerkt der junge Herr höflich und gleichzeitig erleichtert. „Ja, das war er", seufzt meine Caroline traurig und sieht aus dem Kutschfenster in schicksalsschwere ferne Vergangenheiten.

Übrigens, wenn ich ihre Gedanken richtig lese, ist ihr Vater ein trinkfester Halunke und Halsabschneider gewesen, der sich dadurch hervortat, dass er zweimal mit der Regimentskasse durchgebrannt war, aber nur einmal mit Erfolg. Er verlor als Folge seinen Kopf und Caroline einen Vater, den sie verehrte, weil sie ihn kaum gesehen hatte.

Dann schweifen Carolines Gedanken zu ihrer Mutter. Trotz körperlicher Vorteile war der nichts Anderes eingefallen als Wäscherin zu werden. Sie nahm das Leben allzu ernst, das heißt, sie versuchte es mit Ehre, Anstand und Moral zu führen, alles in meinen Augen wenig erfolgreiche Motive, wenn man dem Leben mit einiger Durchschlagskraft begegnen will. Sie war schließlich krank geworden und wie eine Pflanze, der man Licht und Wasser vorenthält, vertrocknet. Sie lebt jetzt in saftloser Verbitterung in einem Wald außerhalb der Stadt und will nicht einmal ihre Tochter sehen.

Meine Caroline dagegen will weder ihren Kopf verlieren noch in Einsamkeit vertrocknen. Im Gegenteil, sie ist gerade auf dem besten Weg, diesen bei Menschen so beliebten Schicksalen aus dem Weg zu gehen.

„Dem schönen Fräulein grimmt der Magen ja auf die allerliebste Weise. Da müssen wir umgehend Abhilfe schaffen." Ein wahres Donnergrollen aus Carolines verzweifelten Eingeweiden hat den Marquis zu diesem Entschluss gebracht. „Was darf ich für das schöne Fräulein Caroline zubereiten lassen?" Keine Antwort abwartend breitet er mit kühnem Schwung ein imaginäres Tischtuch aus und stellt es mit dem größten Vergnügen voll mit den für Caroline ausgefallensten, aber in seinen Kreisen wahrscheinlich durchaus gängigen Köstlichkeiten.

„Taubenbrüstchen in Wein gesotten, provenzalische Schneckchen in Kräutersauce gedünstet, flambierte Hirschlende oder vielleicht Paté de Canard a l´Ármagnac?" Er beeindruckt uns, aber Caroline, der bestimmt jedweder Bissen lieber wäre als keiner, lächelt nur verführerisch, vieldeutig und amüsiert. Mit dem Mund aber schweigt sie und lässt stattdessen die goldene Sonne in ihren roten Locken spielen. Diese Sprache versteht der junge Herr ohnehin am besten, und Caroline muss nicht in einen Wettstreit um Aufzählung kulinarischer Verstiegenheiten abbiegen, bei dem sie zu viel Terrain an den Marquis einbüßen würde.

„Die Schönheit des Fräulein Caroline hat mich verzaubert. Weiß sie, was sie mit mir anstellt?" Wieder schweigt Caroline weise und sieht unschuldig und scheu lächelnd erst auf seine leicht verstaubten, beigen Leinentuchschuhe und dann, indem sie seinen Blick kurz streift zum Kutschfenster hinaus. Der Marquis legt das bestimmt als jungfräuliche Keuschheut aus, reibt sich den schwarzen Schnurrbart, ohne aber den Blick von uns zu wenden. Ich kenne diesen Blick versteckter Begierde. Dann schlägt er die Beine übereinander, wohl, um seiner erregten Männlichkeit besser Herr zu werden.

Caroline treibt die Angelegenheit voran, indem sie ihren Oberkörper reckt, so als wenn sie einem neuerlichen Ohnmachtsanfall durch einen tiefen Atemzug begegnen müsse. Wie ich allerdings vermute, tut sie es, um dem Marquis auf eine unverfängliche Art die Wölbung ihres Busens ahnen zu lassen, der ansonsten unter ihrem schlichten, hochgeschlossenen Kleid kaum zur Geltung kommt. Der Marquis sieht sich gezwungen, die Beine erneut, aber diesmal das rechte über das linke zu schlagen. Der Köder sitzt schon tief in seinem Fleisch.

Caroline streicht sich nun mit mir durch die kastanienroten Locken und verhält einen Moment an ihrem schlanken Hals. Ich benutze die Gelegenheit, dem jungen Herrn einen gleißenden, roten Pfeil in die schwarz blitzenden Augen zu schnellen. Dann führt sie die Hand wieder züchtig zurück in ihren Schoß. Caroline und ich sind ein gut eingespieltes Paar, aufeinander abgestimmt durch die Ähnlichkeit unserer Ziele.

Das Diner

Die Kutsche macht einen scharfen Bogen, den der Marquis benutzt, um sich der Physik mit Leichtigkeit und einigem Vergnügen hinzugeben. Es drückt ihn gegen Carolines Körper gerade soviel, um nicht als unschicklich ausgelegt zu werden.

Die Kutsche hält. „Da wären wir, schönstes Fräulein Caroline", sagt der Marquis, öffnet den Wagenschlag und springt mit mehr Elan als notwendig wäre aus der Kutsche. Er entlässt zwei Bedienstete, die eilfertig heraneilen, mit leichter Hand. Um den Inhalt der Kutsche will er sich schon selbst kümmern.

„Darf ich bitten?" Natürlich darf er uns bitten. Ich hoffe, dass Carolines einfache Kleidung nicht zu sehr Aufsehen erregt. Zum Glück hat sich bereits eine bläuliche Dämmerung auf dem geräumigen Innenhof ausgedehnt. Wir eilen auf ein wunderbar großzügiges Gebäude zu, kein wirkliches Schloss, aber immerhin. Ich kenne mich sehr wohl mit der weiträumigen Luftigkeit herrschaftlicher Häuser aus, bin ich doch in derartiger Umgebung geboren oder genauer, zu neuem Leben erwacht.

Der Marquis führt uns in einen mit zierlichem Mobiliar eingerichteten Salon und lässt es sich nicht nehmen, eigenhändig einen vielarmigen Leuchter zu entzünden. „Das liebliche Fräulein mag sich wohl etwas im Nebenraum erfrischen. Ich lass derweil und unverzüglich ein Diner zusammenstellen."

Caroline lächelt huldvoll und bringt sogar die Andeutung einer Verbeugung zustande, keine Unterwürfigkeit, nur eine Höflichkeit. Darauf zieht sich der junge Herr lächelnd zurück. Erstaunlich finde ich, mit welcher Sicherheit und Gelassenheit sich Caroline hier bewegt. Wahrscheinlich überträgt sich meine

Erfahrung und Kenntnis dieser Umgebung auf sie und ist deshalb gar nicht so erstaunlich.

Dann sind wir allein. Alles läuft wie geplant. Caroline entledigt sich zügig ihrer Kleider und wäscht sich mit einem bereitliegenden Schwämmchen, den sie in eine Porzellanschale mit Wasser taucht, unbekümmert bestimmte, für unser Vorhaben strategisch wichtige Teile ihres Körpers, bürstet sich dann die roten Locken aus dem Gesicht und schlägt mit energischer Hand den Staub aus ihrem Kleid, bevor sie es wieder überstreift. Dann prüfen wir unser Aussehen in einem goldumrahmten Spiegeloval. Es reflektiert bereitwillig und ohne Abstriche unsere ganze Lieblichkeit.

Caroline lässt die grünen Augen kurz aufblitzen, ganz ähnlich und durchaus vergleichbar meinem kristallenen Feuerwerk. Sie hat wohl auch unsere Ähnlichkeit bemerkt und hebt mich zu ihrer Wange empor, und wir funkeln uns über den Spiegel zu. Wir sind Verbündete in Schönheit, Strahlkraft und Lebenslust.

Da meldet sich Carolines gefolterter Bauch unmissverständlich fordernd, und dieses Geräusch wohl als Signal nehmend, klopft es mit aristokratischer Höflichkeit an die Tür. „Ja, ich lasse bitten", flötet Caroline ganz vornehm.

Schon der erste prüfende Blick, zunächst noch unsicher, was er da eingefangen hat, überzeugt den jungen Herrn, dass er eine zwar hastige aber nicht minder ausgezeichnete Wahl getroffen hat. „Mon dieu, sind Sie schön! Das habe ich schon fast wieder vergessen." Schmeichler! Natürlich hat er ausschließlich an unsere Lieblichkeit gedacht. Andererseits ist es auch wahr, dass wenn man Schönheit nicht unmittelbar vor sich sieht, diese einem schnell aus der Vorstellung schwindet. In dem Punkt gebe ich ihm recht, dem Narren.

„Darf ich bitten, mein schönstes Fräulein? Das Diner ist gerichtet." Außer der Freude, dass Caroline nun endlich etwas zu essen bekommt, bemerke ich doch das kleine Fürwort, mit dem der junge Herr seinen Besitzanspruch anzumelden beginnt.

Er führt uns durch einen langen, düsteren Gang, indem er einen Schritt vor uns hergeht und allerhand historische Dinge über die Bilder erzählt, die nicht nur unseren Weg säumen, sondern offensichtlich auch den seiner Vorfahren säumten. Vielleicht glaubt er, auf diese Art Eindruck auf ein einfaches Mädchen machen zu können. Caroline gibt sich recht interessiert und blickt hinauf zu den beschriebenen, aber in der Düsternis kaum erkennbaren Ahnen des Marquis. Sie bleibt aber weise und somit stumm.

Schließlich erreichen wir eine von zahlreichen Kerzenständern erleuchtete Glasveranda, rund und luftig durch die geöffneten Türen, in deren Mitte eine Tafel gedeckt ist. Ich bin irritiert, weil nur für zwei Personen gedeckt ist; es ist ein kurzes, undefinierbares Gefühl der Enttäuschung, eines Verlustes, sonst nichts, schon ist es wieder verflogen.

Wir setzen uns einander gegenüber, und sofort werden erlesene Köstlichkeiten in geschwinder Förmlichkeit herangetragen und angeboten, um dann angegessen, zum Teil kaum berührt, zurück in die Küche zu ebben, einer Welle gleich, die sich mit Begeisterung an den Strand wirft, um sich dann mit mäßigem Elan wieder ins Meer zurückzuziehen. Der Marquis isst wohl mehr aus Anstand, während Caroline Vernachlässigtes anständig nachholt. Gleichmäßig und gründlich geht sie dabei nur anfänglich vor. Nachdem ihr erster Hunger gestillt ist, wird sie wählerisch und ausgesprochen zielbewusst pickt sie in den Köstlichkeiten herum.

Ich muss nicht besonders erwähnen, dass ich in dieser Umgebung über alle Maße glücklich bin. Ich strahle, blitze, ja, peitsche geradezu dem Marquis Lichtbündel entgegen, sodass er von mir und Carolines Lieblichkeit benommen werden muss. Der Wein tut sein Übriges. Unverwandt blickt er uns an.

Auch schweigt er, denn beim Essen sprechen vornehme Menschen nicht, im Gegensatz zu Armen, die wohl mangels ausreichender Nahrung durch die beim Reden eingefahrene Luft zusätzlich satt werden müssen. Caroline öffnet ihren Mund nur zur Nahrungsaufnahme.

Diesen Vorgang allerdings, ich meine das Öffnen und Schließen ihrer vollen, roten Lippen, das Entblößen zweier Rundungen perlweißer Zähne, die sich zum Biss in eine Entenbrust anschicken oder zwischen denen ein Schneckchen verschwindet, das lässt unser Gegenüber nicht aus den Augen, und er kommt darüber in ganz sinnliches Sinnieren.

Ich habe eine brillante Übersicht dank Carolines rechter Hand, die sich unablässig zwischen Mund, Teller und Weinglas hin und her bewegt und sich nur selten die Zeit nimmt, eine rote Locke, die sich voreilig über Stirn oder Wange rankt, nach hinten zu streichen. Dann und wann lächelt sie huld- oder auch verheißungsvoll hinüber zum Marquis.

Mit zunehmender Zeit wird sie jedoch mehr und mehr verlegen, denn wenn man so auf das Ausgiebigste lautlos angestarrt wird, ist wohl bald die Selbstsicherheit beim Teufel - bei Menschen jedenfalls. Mich können Sie tagelang bewundern, ich bleibe, wer ich bin. Im Gegenteil!

Wahrscheinlich ist aber ihre Verlegenheit dazu angetan, Caroline in den Augen des Marquis noch schöner erscheinen zu lassen. Das wird sie natürlich auch wissen und ergibt sich geradezu hemmungslos in ihre gespielte Unsicherheit. Als Dessert gibt es Mousse au Chocolat, und der junge Herr verfolgt gebannt, wie diese weiche, sämige Masse Löffelchen für Löffelchen zwischen Carolines feingeschwungenem

Lippenpaar verschwindet, und eine scheue rote Zunge eilfertig Sahnereste aus den Mundwinkeln schleckt.

So und nun muss diese Beziehung, diese zarte, noch zerbrechliche Zuneigung aus dem Verborgenen an die Oberfläche gespült und besiegelt werden. Es ist mein Wissen, dass nur durch den gesteuerten Austausch von Körpersäften eine dauerhafte Verbindung entstehen kann. Denn bin ich nicht auch durch das Zusammenfügen von Erdmantelgesteinen und schließlich einer Eruption aus dem Erdinneren heraus zu meiner heutigen Existenz geschleudert worden, zu diesem dauerhaften Glanz?

Natürlich liegt mir nichts an dem lächerlichen Vorgang der menschlichen Vereinigung, wie ich bereits erwähnt habe. Nein mein Interesse gilt einer dauerhaften Liaison zwischen Caroline und dem Marquis, einer Verbindung, deren Kontrolle bei Caroline ist, und strategisch richtig dosiert, kann sie diese auch behalten solange es uns beliebt.

„Meine schöne Caroline, lassen Sie uns in die Gärten gehen", beantwortet der junge Herr die Frage nach dem weiteren Verlauf des Abends in ihren Augen. „Mit dem größten Vergnügen", lächelt sie bereitwillig und fügt leichtfertig hinzu: "Nie habe ich so vortrefflich in so angenehmer Gesellschaft gespeist."

Das ist unklug, das hätte sie sich besser verkneifen sollen, denn derart gibt sie ohne weiteres zu, dass der Marquis keinen Nebenbuhler zu fürchten hat. „Ich danke Ihnen, mein schönes Mädchen. Es war mir eine besondere Ehre, Sie von einem solch außerordentlich hartnäckigem Magengrimmen zu befreien", antwortet er und ist sich seines Sieges wohl schon umfassend bewusst.

Wir erheben uns. Der Marquis und Caroline vom Wein und der Erregung ihrer jungen Beziehung mit roten Wangen, aber immer noch allzu höflich und geziert. Ich dagegen bin ängstlich, denn wie leicht kann etwas außerhalb der schützenden Wände diese junge Verbindung stören, die nun auf noch unsicheren Beinen dem Ausgang der Veranda zustrebt. Ich will jetzt keine Verzögerung, nicht so nah vor dem Ziel.

Der Garten aber bedeutet einen unter Umständen gefährlichen Aufschub; denn hier wird wohl kaum die notwendige Pflicht oder gar die Kür absolviert werden. Wie leicht kann die missgünstige Außenwelt die Luft aus der rosaroten Luftblase der beiden herauszischen lassen. Ja, ich bin besorgt, dass hier eine Komponente menschlicher Beziehung die Vorherrschaft gewinnt, die allgemein mit dem Wort Liebe umschrieben wird. Ich fühle, wie mich ein dumpfes Gefühl überschwemmt und mich eine unbestimmbare Angst aus meinem tiefsten Inneren mit sich fortreißt.

Caroline verliebt sich

Während des viel zu langen, dunklen und für mich deswegen wenig amüsanten Spaziergangs kreuz und quer durch die besagten Gärten, wobei fast die gesamte Unterhaltung vom lautlosen Dröhnen des Blutes der Beiden bestritten wird, habe ich das bestimmte Gefühl, dass sich meine Caroline und der Marquis mit jeder Wegbiegung weiter vom Bett entfernen. Es beginnt sich auch mehr das süßliche Aroma sogenannter wirklicher Liebe zu verbreiten, was immer darunter verstanden werden mag.

Fast ohne Wortwechsel baut sich hier eine Zuneigung auf, die gleichzeitig Carolines Fähigkeit diese Verbindung zu kontrollieren, abzubauen beginnt. Ich weiß es. Es ist ein Wissen, das tief aus meinem Inneren an die Oberfläche drängt. Caroline beginnt schichtweise und ruckartig in den Fluten ihrer Gefühle zu verschwinden, in Wassern, in denen Männer im Allgemeinen, und wie ich vermute der fesche Marquis im Besonderen, munter wie die immer gutgelaunten Delphine herumschnellen. Meine grünäugige Schöne ist dabei, Wirkung zu ihren eigenen Plänen zu werden.

Ihre feuchte, kalte Hand ist der Beweis für die Richtigkeit meiner Befürchtung, denn ich nehme wahr, dass das Blut zu wichtiger erachteten Körperteilen umgeleitet wird. Auch dass sie sich am Gartentor schließlich verabschieden, kaum dass sich ihre Hände oder gar ihre Münder getroffen hätten, gibt meinen Befürchtungen weiter Nahrung.

Man verabredet sich für übernächsten Nachmittag, denn am nächsten hat der Herr Geschäfte in der Stadt zu regeln, die keinen Aufschub dulden. Man sieht sich tief und ernst in die Augen, soweit in der Dunkelheit überhaupt etwas zu erkennen ist. Jeder ist bereitwillig in die Falle getapptt, deren Fangeisen er ursprünglich dem anderen zugedacht hatte.

Ich befürchte das Schlimmste, wenn es mir nicht gelingt, Caroline zu ihrer fröhlichen Zielstrebigkeit zurück zu verhelfen. Meine Zukunft, deren Umrisse ich bereits mit Zuversicht und einiger Deutlichkeit habe ausmachen können, verschwimmt schon wieder in den grauen Nebeln menschlicher Einfalt. Und der Rückstoß dieser keimenden Liebe würde mich mit größter Wahrscheinlichkeit aus meiner gerade neu gewonnenen Umlaufbahn um Caroline herausschleudern. Ich sehe mit großer, wohl nur mir eigenen Klarheit, unsere gemeinsamen Felle in unruhigen Wassern auf Stromschnellen zutreiben. Aber eins nach dem anderen.

Zunächst küsst mich Caroline hingebungsvoll. Ich würde es in vollen Zügen genießen, wenn ich nicht wüsste, dass diese stürmische Zuneigung mehr dem gerade um die Wegbiegung entschwundenen Marquis gilt als mir.

Schweigend gehen wir die dunkle Straße hinunter zum Quai, das fahle Licht einer tiefhängenden Mondsichel genau vor uns. Wir schweigen. Wir hängen beide unseren Hoffnungen und Ahnungen nach. Obwohl ich die alles umfassende Lichtlosigkeit nicht mag, macht Caroline einen langen Umweg am geschäftig dahingleitenden, nächtlichen Fluss entlang, ehe sie mit wenigen Sätzen und geschürztem Rock die schmale Holztreppe zu unserem Mansardezimmerchen hinaufeilt.

Mit tiefem Seufzer wirft sie sich auf das Bett und liegt so eine Weile still da, ganz ruhig und ernst. Dann fängt sie unvermittelt an zu wimmern und zu schluchzen und drückt mich verzweifelt an ihren zuckenden Busen, als wenn sie wüsste, dass nur ich sie zu retten vermag.

Jetzt aber, ehe ich mir über mein Mitgefühl im Klaren bin, springt sie auf, zündet eine Kerze an, entkleidet sich und beginnt sich mit dem Wasser aus dem kleinen, weißen Schüsselchen derart ausgiebig zu waschen, zu liebkosen und zu pflegen, wie es nur Mädchen tun, die Vorbereitung treffen, sich zu verschenken. Dabei summt und trällert sie Liedchen, die mir unbekannt sind, sie erfindet, verwirft und ersinnt Tonfolgen, die durch ihr vermeintliches Glück aus ihr herausperlen. Kurz, meine einstmals berechnende, zielstrebige Caroline ist verliebt.

Die Tatsache bedeutet aber für mich Unsicherheit, Lichtlosigkeit, Ausweglosigkeit. Nein, natürlich ist diese Angst nicht mit menschlicher Angst zu vergleichen. Ich kann nicht sterben, nur kann ich die Qualität meiner Existenz einbüßen. Das ist schlimm genug! Das Waschwasser aus dem Schüsselchen läuft und tropft von meinen kantigen Flächen und mir ist, als ob ich weine.

Ich muss Caroline warnen. Sie darf den Marquis nicht wiedersehen. Sie wird sich in dieser Beziehung verlieren, so wie ich einst vor langer, langer Zeit. Oder war ich es gar nicht selbst und habe nur davon geträumt, davon gehört?

Caroline streift mich vom Finger und legt mich auf das hölzerne Brettchen unter dem Spiegel. Sie geht an das schmale Fensterchen, öffnet es soweit es eben gehen will und atmet tief die frische Nachtluft ein, die vom Fluss heraufsteigt.

Die Nacht saugt das unruhige Licht der Kerze aus dem Raum, und ich kann den Mädchenkörper nur schemenhaft gegen den Nachthimmel wahrnehmen. Vielleicht hält sich auch noch ein Wassertropfen auf meinem Oval und behindert meine Sicht, ich weiß es nicht. Ich bin enttäuscht, unglücklich, und ich muss es gestehen, obendrein eifersüchtig auf den Marquis. Als sie sich schließlich auf das Bett legt, lässt sie mich auf dem Brettchen liegen, vergessen. Sie ist mir mit leichten Füßen auf einer rosaroten Wolke enteilt.

Soll sie sich doch ins Unglück stürzen. Sie hat bereits den Kopf verloren, bevor der Scharfrichter das Fallbeil freigibt. Wer sich mit menschlichen Körpern abgibt, kommt eben darin um. Bitte sehr, ich werde auch das überleben. Was kann ich auch anderes tun? Die angestrebte Lebensqualität ist allerdings wieder einmal zum Teufel. Woher ich die Sicherheit nehme, dass Carolines Kraft, sich aus dem Bodensatz der Gesellschaft emporzuarbeiten, so nachhaltig gebrochen ist?

Tief aus meinem Inneren, dort wo sich die Strahlen früherer Energien überkreuzen und bisweilen zur Oberfläche meines geschliffenen Leibes reflektieren, von dort kommt diese Sicherheit.

Die Nacht ist lichtlos und kalt. Ich bin ohnmächtig dem Schicksal ausgeliefert. Ich fühle, wie sich Mattheit über meinem Glanz ausbreitet.

Die Hoffnung

Unvermittelt fühle ich mich emporgenommen, umgeben von strahlender Helligkeit, die mich aus schweren Träumen in die Gegenwart katapultiert. Welche Kraft das Licht hat! Doch ich bin wie gelähmt und kann dieses Licht nicht verherrlichen, wie ich es gestern noch getan habe.

Caroline streckt mich der aufgehenden Sonne entgegen. Die harten Strahlen, durch den morgendlichen Dunst über dem Fluss gedämpft, umschmeicheln ihr Gesicht. Ihre Augen strahlen ein Glück und ein Verstehen aus, als wenn sie in den Besitz einer großen Wahrheit gekommen wäre. Aber ich weiß es besser. Sie ist drauf und dran das Wenige, was sie weiß, auch noch zu vergessen.

Sie streift mich kurz an ihrem Kleid entlang, weil sie wohl glaubt, eine gewisse Mattheit meiner Strahlkraft hinweg reiben zu müssen. Nur was sie da wahrzunehmen glaubt, ist nicht mit Reiben zu beseitigen. Sie hebt mich wieder hoch und betrachtet mich eindringlich.

Ich nehme all meine Kraft zusammen, sie und die Morgensonne nicht zu enttäuschen, mir nichts anmerken zu lassen. Und schon gleitet ihr prüfender Blick in Bewunderung über, und wie Sie wissen, kann ich Bewunderung nicht widerstehen. Schon benehme ich mich wieder, wie man es von einem Brillantring erwarten darf. Ich werde schwach. Die Gelegenheit sie zu warnen, ist vertan.

Carolines Schönheit erscheint mir in diesem Augenblick ähnlich einem Kometen, der nach langer, erfolgreicher Reise gerade in dem kurzen Moment in zeitloser Schönheit erstrahlt, wenn sich sein Sterben vollzieht. Vielleicht ist es Carolines Aufgabe, für die Länge eines Augenaufschlags Schönheit und Glück im Übermaß auszustrahlen, um der üblichen Hässlichkeit der Welt zu beweisen, dass diese Werte nicht gänzlich verloren sind.

Ich begebe mich an meinen gewohnten Platz an Carolines rechten Ringfinger, und wir stürmen aus dem Raum, die Stiege hinunter und entlang den niedrigen Häusern und hinunter zum Fluss. Die Sonne durchbricht jetzt auch hier unten die letzten Dunstschwaden, und wir setzen uns auf einen Stein am Ufer. Caroline betrachtet die frühmorgendliche Betriebsamkeit mit mir unverständlichem Interesse. Das hätten wir auch von ihrem Fensterchen in weniger betäubenden Geräuschen, Gerüchen und Gewirr haben können. Ihr ist aber wohl die Dachkammer für so viel Glück einfach zu eng.

Wie gut das Licht tut. Nur so aus purer Gewohnheit sammle ich für einen Moment soviel Licht, wie ich nur eben zu fassen vermag, zwinge es zu einem einzigen Strahl und lasse die geballte Energie in ein fernes Fenster blitzen, so dass man meinen könnte, das Mündungsfeuer einer Kanone gesehen zu haben. Schnell falle ich wieder zurück in meinen Übermut.

Trotz allem, wir sind schon ein strahlendes Paar an diesem Morgen. Vielleicht geht ja doch noch alles gut aus. Der Marquis wird uns heiraten, wir werden ein Kind, vielleicht sogar mehrere von ihm bekommen, wir werden geachtet, geliebt und bewundert werden. Vielleicht kann ich mich mit meiner gesammelten Lichtenergie dem nahenden Unglück entgegenstemmen, ein Energieschild gegen die Willkür des Schicksals.

Lichttrunken wie ich schon wieder bin, schieße ich dem kleinen Pierre von der Wäscherin Babette, die zum überwiegenden Teil aus einem riesigen Hinterteil besteht, einen derartigen Lichtpfeil genau ins linke Auge, dass der beim Nasebohren innehält und sich verwundert das Auge reibt. Solange ich in Bewegung bin, brauche ich nicht nachzudenken.

Mir ist federleicht. Es lebe die Gegenwart. Was schert mich die Zukunft.

Während des ganzen Tages steht nichts zwischen uns. Wir sind glücklich, verspielt, unernst. Auch die Nacht verbringen wir gemeinsam. Wiederholt und mit Hingabe spielen wir unser Streichelspiel, indem mich Caroline auf die Innenseite ihres Fingers dreht, und ich ihr mit kühler Kante über Wölbungen, Buchten und Täler fahre, bis sie zufrieden entschlummert.

Die Vorbereitung

Der nächste Morgen ist hektisch. Sie bereitet sich auf den Besuch des Marquis vor. Er hat sich mit uns hier in ihrer erbärmlichen Kammer verabredet, nicht in seinem geräumigen Herrenhaus, nein, er wäre am Morgen in der Stadt und würde danach gleich vorbeischauen. Natürlich würde ihn die Umgebung überhaupt nicht stören. Ihre Gegenwart würde ohnehin alles verzaubern. Papperlapapp! Er will mit uns einfach nicht in seinem Umfeld gesehen werden.

Caroline stellt das ganze Kämmerlein auf den Kopf und dann wieder auf die Beine. Es wird geputzt und gesäubert und eine neue Ordnung in einen vorher schon ordentlichen Raum gebracht.

Das alles geschieht mit mir aus nächster Nähe. Wir pflücken Blumen, und ich komme mir dabei vor, als wenn ich Schmuck für unser gemeinsames Begräbnis aussuche. Mit der Blumenpracht versucht sie übrigens den Riss im Mauerwerk gegenüber dem Fenster abzudecken, aber was dabei herauskommt ist wohl eher, dass sie mit Hilfe von Heckenrosen kundtut, dass sie mit dem hässlichen Loch in der Mauer nicht einverstanden ist. Genau wie mit dem türlosen Durchgang zur Latrine, wo jetzt Buschwindröschen, Schlüsselblumen und Mohn dem Entdeckergeist des Marquis farbig Einhalt gebieten sollen.

Ja, der junge Herr ist bereits allgegenwärtig, er braucht gar nicht mehr physisch zu erscheinen. Es wird gewissermaßen um ihn herum dekoriert, floriert, gerückt und geschoben. Wie viel Raum und vor allem welchen Raum Caroline im Universum des Marquis einnimmt, wage ich mir nicht vorzustellen.

Hätte sie sich doch nur nicht in den Kerl verguckt! Es wäre alles so einfach. Wir würden mit Bedacht und Konsequenz die herrschaftliche Kuh melken, die wir mit soviel Sorgfalt von ihrer Herde getrennt haben. Nun wird der Marquis uns melken. Wir sind drauf und dran, in die bekannte Grube zu fallen, die wir für ihn ausgehoben haben. Caroline ist Opfer ihres einzigen Kapitals geworden, ihres Körpers.

Jetzt aber Schluss mit der Unkerei! Der Marquis de Beaufort kommt die Stiege herauf, blendend aussehend und bester Dinge. In unserem Zimmerchen nimmt er einfach zu viel Raum ein. Er sollte sich auf einen der unbequemen Hocker zusammenklappen oder besser noch, sich gleich auf das sorgfältig bereitete Bett legen. Stattdessen steht er in seiner dunklen Stattlichkeit da und stammelt Dummheiten.

Ach, würde er doch sogleich Caroline unter den Rock fassen oder ähnlich rüde sein, dann gäbe es für sie nichts zu lieben. Aber nein, er ist hinreißend verlegen, redet unzusammenhängendes Zeug und strahlt sie an und bewundert ihre Schönheit. Das ist das Schlimmste. Er himmelt uns an. Welches Mädchen kann dem lange standhalten? Selbst ich kann ihre Schwäche fühlen und verstehen.

Aber, wo bin ich stehen geblieben... ich bin etwas durcheinander. Ach ja, Caroline ist der Schönheit ihres eigenen Körpers erlegen, die sich in Monsieurs Blick reflektiert. Menschen werden übrigens alle früher, später oder sofort Opfer ihres Körpers. Junge Körper wollen beachtet, geübt und geliebt werden, und alte beziehungsweise kranke, was meistens auf das Gleiche hinausläuft, fordern noch viel unnachgiebiger ihren Tribut in Form von Schonung, Pflege und Behandlung. So verschlucken die Körper den dazugehörigen Menschen über kurz oder etwas länger, aber nie besonders viel länger.

Man setzt sich, und der Marquis entnimmt einer ledernen Jagdtasche, die er sich wohl zu diesem Zweck von einem Bediensteten hat ausleihen müssen, zwei Weinflaschen, Käse, Brot und Wurst. Es lebe das rustikale Mahl! Danach plant er hoffentlich den bürgerlichen Nachtisch in Form meiner Caroline.

Ausgefüllt von ihrem Glück hat Caroline, seit dem opulenten Diner im Schloss, nichts mehr zu sich genommen. Dieses Glück sitzt ihr offensichtlich auch jetzt im Hals und lässt keine festen Speisen passieren. Der rote Wein allerdings findet nicht nur seinen Weg vorbei an dem Glückskloß, sondern scheint die Geister meiner Schönen zu beflügeln und löst die vor Aufregung festgetrocknete Zunge.

Die Pflichtgespräche wollen kein Ende nehmen, ein schlimmes Zeichen. Der Marquis ist galant, nein nicht galant, eher höflich und herzlich auf eine sympathische Art, dass mir ganz schlecht wird. Caroline beschränkt sich wieder hauptsächlich darauf schön zu sein. Ansonsten spricht sie über Dinge, die sie kennt, wie Blumen, das Leben am Fluss, das Wetter, die Sonne, Schmetterlinge und Katzen.

Mit jedem Hinauszögern des Unvermeidlichen wird die Situation für mich als beteiligter Unbeteiligter hoffnungsloser. Etwaige noch vorhandene rationale Kontrolle über die Affäre geht flöten, und die Liebe übernimmt ihr irreales Regiment.

Sie mögen einwerfen, dass ein Hinauszögern der körperlichen Vereinigung der Dauerhaftigkeit einer Beziehung zuträglich sei. Sie werden vielleicht das Beispiel von einem Löwen anführen, der die Löwin ganze zehn Tage lang umwirbt, ohne Fressen zu sich zu nehmen, bis er schließlich zur Sache kommen darf. Als Resultat bleiben sie dann ihr ganzes Leben in enger Gemeinschaft beieinander.

Ich kann Ihnen aber versichern, dass der Marquis und Caroline keine Löwen sind, zumindest ist sie keine Löwin. Sie mag zur Familien der Katzen gehören, eine Hauskatze, das ist aber auch alles. Wenn diese Katze nicht von äußerster

Gerissenheit ist, wird sie in dieser ungleichen Verbindung letztendlich nur zweiter Sieger sein.

Unterschiede werden von den beiden nicht diskutiert. Stattdessen stellt man ausschließlich Ähnlichkeiten, Gleichheiten und Gemeinsamkeiten fest. Wie befürchtet werden die Pflichtgespräche ausgedehnter und nehmen geradezu globalen Charakter an, als der Marquis von seinen weiten Reisen erzählt, wobei er bescheiden seine Bildung und sonstigen umfangreichen Kenntnisse hintanstellt.

Caroline verschenkt sich

Um eine Haaresbreite wäre wohl die Kür total auf der Strecke geblieben; aber Verzweiflung und Notwendigkeit sind bisweilen gute Ratgeber. Caroline spielt nämlich seit geraumer Zeit an mir herum. Sie streift mich vom Finger, um mich gleich wieder aufzustecken, dreht mich in heißen Händen, befühlt mich mit den Fingerspitzen, streift mich auf verschiedenste Finger, um mich sogleich wieder loszudrehen. Mir wird ganz schwindlig.

Da legt der Marquis wohl vom Wein beflügelt, ganz unvermutet seine feingliedrige, schöne Hand auf unsere Hände, die ihrerseits leicht zusammenzucken. Diese Gelegenheit packe ich, indem ich mich absetzte, das heißt, ich lasse mich durch verschwitzte Hände hindurch und über die Tischkante hinabfallen. Da es inzwischen dämmrig in der Kammer ist, ja, so lange haben sich die Beiden schon miteinander beschäftigt, habe ich keine Mühe mich unbemerkt unter das Bett zu kugeln.

Die hingebungsvolle Suche nach mir eröffnet Caroline, indem sie sich entschuldigt und unter den Tisch abtaucht. Der Marquis besteht auf seiner Schuld und macht seinerseits einen Kniefall. Ganz unverhoffter Enthusiasmus überkommt die zwei, mich als erster zu entdecken. Hier unter dem Tisch, sozusagen auf dem Boden der Tatsachen, bauen sie rapide die Regeln ab, die oberhalb der Tischfläche für eine freiwillige Selbstkontrolle gesorgt hat. Heiße Münder streichen wie von ungefähr an dem Ohr des anderen vorbei, Arme streifen Hinterteile, Hände tasten versehentlich über Waden, Brüste versuchen sich aus bestickter Umrahmung zu lösen und fordern längst überfällige Bewunderung.

Jetzt schicke ich, die letzten roten Sonnenstrahlen aus dem Zimmer zusammenklaubend, meiner Caroline aus sicherem Versteck ein Strahlensignal. „Ich hab´ ihn", ruft sie viel zu laut und streckt ihren Arm zu mir aus, indem sie den Kopf auf den Boden legt und ihr Hinterteil folgerichtig in die Höhe streckt.

Der junge Herr, dem es wohl davor graust, wieder in die Oberwelt mit ihrer Förmlichkeit aufzutauchen, fasst sich mutig ein Herz und die einladende Hüfte vor ihm. Sie ergreift zur gleichen Zeit mich und fühlt sich ergriffen und läuft mit fliegenden Fahnen zum Feind über, indem sie sich langsam auf den Rücken dreht. Das ist gleichsam das Zeichen, dass hiermit die Pflicht beendet ist und die Kür, das heißt die Regellosigkeit mit allem dazugehörigen menschlichen Ernst hereinbrechen darf.

Und wie es hereinbricht! Es wird ergründet, gesucht und gefunden, geforscht und aufgedeckt, ertastet, geprüft und nur allzu gern überlassen. Kurzum, die Körper sind in ihrem ureigenen Element, der Prozedur der Vervielfältigung. Ich werde in Carolines heißer Hand gedrückt, fast befreit und wieder gepresst, dass mir beinahe das Licht wegbleibt. Allerdings kann ich nicht vermeiden, dass sie sich an mir schneidet, aber das ist auch nur eine weitere Flüssigkeit, die ihren Weg nach außen sucht und findet.

Nach Ausgleich auch der geringsten Spannungsunterschiede schwört man sich ewige Treue, baut Luftschlösser und versinkt in rosaroten Gefilden. Mich lassen sie auf dem Holzboden zurück. Ich bin der Realist im Raum, ich passe nicht in ihre Träume. Ich bleibe auf dem Boden der Wirklichkeit, während sie sich hinterrücks in bunt schillernde Phantasiewelten absetzen. Menschen, immer bereit zur Flucht aus dem Hier und Jetzt, wo sie doch halbnackt, erschöpft und ineinander verzahnt, neben mir auf denselben Holzbohlen liegen.

Mich hat sie irgendwann während der Körperschlacht fallen lassen. Ich weiß es nicht mehr so genau. Ist mir auch egal. Ich habe mich in mich zurückgezogen und versuche von längst vergangenen Lichtolympiaden zu träumen, in diesem Raum, in dem sich die Dunkelheit ausgebreitet hat, leise und umfassend.

Was nützt mir meine makellose Schönheit? Die Menschen werfen mir doch nur schnelle, unaufrichtige Blicke zu, ehe sie sich wieder ihren Hässlichkeiten, Unglücken, Krankheiten und dem gegenseitigen Verletzen widmen. Die Liebesgebäude richten sie nur auf, um sie anschließend umso nachhaltiger abreißen und zerstören zu können. Das Beispiel hierfür liegt ernst und entrückt neben mir, wie sich bestimmt bald herausstellen wird.

Von nun an kommt der Marquis fast täglich zu uns, aber die ersehnte Einladung in sein Haus bleibt aus. Das kurze Glück seiner Anwesenheit ist bereits vom Schatten seines Abschieds angekränkelt. Es hat etwas Verzweifeltes an sich. Carolines Fähigkeit allein zu leben entschwindet wie der Dunst in der morgendlichen Sonne über dem Fluss.

Die Einsamkeit

Eines Tages kommt Philippe, so nennen wir den Marquis seit der ersten Vereinigung, nicht mehr. Ich weiß sofort, was vorgefallen ist. Seine Familie hat ihn in die Enge getrieben, entweder Einbuße aller Erbansprüche, Titel und Gelder oder eine standesgemäße Heirat. Natürlich ist er schwach und reagiert wie Menschen im Allgemeinen und Männer im Besonderen auf Androhungen von Statusverlust, Ungemach und körperlicher Not.

Wie gesagt, er kommt nicht mehr, und ihre zum Teil übermenschlichen Anstrengungen hinsichtlich der Vervielfältigung von Körpern hat, wie nicht anders zu erwarten ist, Früchte getragen. Meine Caroline ist gesegneten Leibes, wenn man diesen recht ungenauen Begriff benutzen mag.

Die folgenden Tage, Wochen und Monate zu beschreiben, ist unerfreulich, und ich will etwaig noch vorhandene zuversichtliche Laune nicht dadurch vertreiben, dass ich allerorts weidlich bekannte Vorkommnisse wiederkäue.

Was mir aber in dieser Zeit mit unerbittlicher Klarheit bewusst wird, ist, dass mein Kreuzzug für die Schönheit gescheitert ist, und ich ihrer Vernichtung aus nächster Nähe beiwohnen muss. Das Schicksal hat sich erneut mit den Kräften des Hässlichen und der Disharmonie verbündet.

Anfänglich kommt ein Bote von Philippe zumindest einmal im Monat mit großzügigen Geldzuwendungen. Das bedeutet, dass wir keine materielle Not leiden. Die wirkliche Not Carolines ist aber ganz anderer Art und ist mit Geld nicht zu mindern. Ihr körperliches Ebenmaß weicht nach und nach einem plumpen Leib, und ihre ehemals grünen Augen sind rot vom vielen Weinen.

Der Winter kommt, und der Bote des Marquis bleibt seit zwei Monaten aus. Wie wir von Neidern mühelos erfahren, ist der Herr auf glattem Untergrund vom Pferd gestürzt und hat sich das herrschaftliche Genick gebrochen. Zu Recht!

Allerdings hatte er seinen aufrechten Gang bereits lange vorher eingebüßt. Jedenfalls kommt zur inneren Verzweiflung jetzt die materielle Not hinzu. Die Armut bricht über uns langsam aber stetig anschwellend herein wie die Dämmerung, die durch das vereiste Fenster die Kammer ausfüllt.

Der Entschluss

An einem eisigen Februarmorgen entschließt sich meine hochschwangere Caroline, mich zum Pfandleiher in die Stadt zu bringen. Ich habe längst resigniert, mir ist das auch egal. Bald wird sie sich nicht mehr aus dem Haus trauen dürfen, und eine Hebamme kostet viel Geld, wenn man keins mehr zur Verfügung hat. Jetzt rächt sich, dass wir zunächst aus übergroßem Glück und dann aus Gram an keiner Freundschaft zu Nachbarn und überhaupt zu anderen Menschen interessiert waren.

Wir stapfen entschlossen die vereiste Straße entlang, den schneidenden Mistral im Gesicht. Plötzlich passiert es, Caroline fällt ganz einfach um, genauer gesagt, sie sackt in sich zusammen. Diesmal fängt uns kein starker Arm auf. Die Hand mit mir liegt leblos am verschneiten Wegrand.

Ich bin verzweifelt, ich bin in Panik, ich muss helfen, ich muss etwas unternehmen. Nur jetzt nicht die Fassung verlieren! Ich strecke meine Strahlenhände dem Fuhrwerk entgegen, das aus der Stadt herangerumpelt kommt. Ich leuchte, strahle, blinke verzweifelt aus den windigen Eiskristallen heraus. Nur rote Strahlen fallen in dieser Umgebung auf, rot denke und tue ich.

Der Kutscher hält sein Pferd an, steigt vom Bock und beugt sich über uns. Er sieht wohl, dass die Frau ohnmächtig oder tot ist. Als praktischer Mensch versucht er, mich ihr vom Finger zu winden bevor es jemand anderes tun könnte. Ich schreie lautlos, das darf nicht sein! Aber er bringt mich doch über Carolines blaugefrorenen Finger.

Ich bin dabei in Hoffnungslosigkeit zu versinken, als Caroline die Augen aufschlägt. Die robuste Hartnäckigkeit des Kutschers hat so auch ihren Vorteil. Der gute Mann erschrickt sich, und indem er mich geschwind wieder zurück an den erstbesten Finger steckt, fragt er: „Mon Dieu, Caroline, was machst du denn hier?" „Bitte hilf mir Jean", keucht Caroline. Der Kutscher schiebt seine Mütze hoch, kratzt sich am Schädel, zieht sie dann wieder über die Ohren und entschließt sich, dem Guten in ihm den Vortritt vor dem Praktischen zu gewähren.

Mit viel Stöhnen und Spucken richtet er uns auf und schleppt uns zu seinem Fuhrwerk. Wie einen Sack Kartoffeln, nur etwas vorsichtiger, lehnt er uns an den hinteren Wagenschlag, steigt hinauf und zieht uns schnaufend hinauf auf den Wagen und unter die Plane.

Mit rauer Hand streichelt er Caroline über die heiße Wange und bemerkt wohl zuversichtlicher als er die Sachlage wirklich beurteilt:„Madmoiselle Caroline, das werden wir schon hinkriegen". Jean steigt auf den Kutschbock, dreht mit viel Peitschenknallen und Geschrei das Pferd und das Fuhrwerk wieder Richtung Stadt, und wir rumpeln los.

Dieses Gerumpel ist aber nun dazu angetan, die Geburt eines Kindes, das ohnehin bald das Licht der Welt erblickt hätte, wenn nicht explosionsartig so doch entscheidend voranzutreiben. Caroline fängt herzzerreißend an zu keuchen und zu stöhnen.

Jean treibt sein Pferd zur größten Eile damit wohl das noch lautere Fahrgeräusch und seine Rufe Carolines Keuchen übertönen. Unter Peitschenhieben stiebt das Pferd die vereiste Landstraße entlang und das Fuhrwerk hinterher. Jean dreht sich bisweilen um, aber seine verdammte Pelzjacke behält er an.

Die Verantwortung

Carolines Keuchen geht in Kreischen über. Das schießt mir mit blutrotem Schmerz durch den Bauch. Plötzlich bin ich wieder das Bauernmädchen, dem man den Bauch aufschneidet, um einen Ring zu finden. Ich schreie zusammen mit Caroline und vergehe vor Schmerz, der mir einst widerfahren war. Sterbend liege ich im Stroh, als der Arzt triumphierend den blutverschmierten Ring hochhält.

Etwas Blutiges, Lebendes presst sich zwischen Carolines Beinen hervor, Stück für Stück entsteht ein Baby. Ich weiß, dass es in größter Gefahr ist. Niemand will das Baby sein. Es ist allein. Es ist schon wieder dabei zu sterben, weil niemand es lehren kann zu leben.

Eine Riesenwelle von Gefühlen überschwemmt mich, reißt mich von meiner Fixiertheit, die mich an den Ring kettet, fort und schwemmt mich zu dem hilflosen kleinen Wesen. Ich schreie, schreie, schreie, bis der Kutscher, seine rasende Fahrt fort von sich und seiner Verantwortung stoppt, die Pelzjacke auszieht, mich auf die Brust von Caroline legt und uns beide mit seiner warmen Jacke zudeckt. Ein Gefühl von Geborgenheit erfüllt mich, ich weiß nichts, ich lasse mich in diese Geborgenheit fallen. Ich tauche ein in etwas, das ich nicht kenne, aber dem ich vertraue.

Die Werbung

Aus Vergangenem auftauchend grüße ich Sie, meine Auserwählte, der ich diese, meine Geschichte als einzigem Menschen anvertraut habe. Nein, auch meiner Mutter nicht, was könnte sie ihr nützen. Sie ist so schön und glücklich.

Ich möchte noch nachtragen, dass wir drei Jahre bei den Bauersleuten Jean und Marie Arnand gewohnt haben, und mit dem Erlös vom Verkauf eines ganz außergewöhnlich schönen Brillantrings nicht nur die Arnands für ihr Hilfsbereitschaft bezahlen konnten, sondern uns auch eine bescheidene Existenz aufzubauen in der Lage waren.

Ich habe mich Ihnen offenbart, weil mir mein vergangenes Ringdasein sehr viel bedeutet, so wie Sie. Deswegen sollten Sie sich kennenlernen, meine Geschichte und Sie.

Bereuen? Nein, niemals habe ich bereut, die Herrschaft über den Ring aufgegeben zu haben. Aber ich habe erkannt, dass die Abhängigkeit von den Dingen einer Zwangsjacke gleicht, aus der man sich allein nur schwerlich herauszuwinden vermag.

Mein Ringdasein, die Identifizierung mit etwas, das nur auf der molekularen Ebene, also im niedrigsten Bereich der Lebensvibration funktioniert, erst diese totale Identifikation hat mir geholfen, mich aus dieser Zwangsjacke zu befreien. Sie hat sozusagen mein geistiges Auge geöffnet. Manchmal muss man daneben zielen, um ins Ziel zu treffen oder noch treffender, einen Schritt zurückgehen, um ein Vorankommen zu ermöglichen.

Ja, wenn Sie mich so fragen, dann findet sich etwas in meinen heutigen Lebenszielen, das mit meiner einstigen diamantenen Erfahrung eng verbunden ist. Es ist der Wunsch, das tiefe Verlangen, das Banner der Schönheit und Harmonie in meiner Kunst, der Malerei, hoch zu schwingen, und ich will mich nicht durch die Anfälligkeit meines Körpers davon abbringen lassen. Uns gehören die Weiten des Universums, wenn wir uns nicht durch einen vergänglichen Körper in einer beengten, dinglichen Welt fixieren lassen.

„Ja, ich bewundere Sie".

„Schon als ich Sie das erste Mal unten am Fluss gesehen und angesprochen habe, glaubte ich den weiten Atem eines freien Wesens zu erahnen. Jetzt bewundere ich Ihre offene Bereitschaft, andere Wirklichkeiten zu akzeptieren, ohne sich allerdings von diesen verschlucken zu lassen, wie ich glaube".

„Ich hoffe, nein, ich weiß, dass ich mich nicht in Sie verliebt habe, obwohl ich ihrer hinreißenden Erscheinung in höchstem Maß zugetan bin. Ich will Sie nicht mit den Gewichten einer demütigenden, besitzergreifenden Liebe beladen. Bewundern will ich Sie aber für das, was Sie waren, was Sie sind und sein werden".

„Darf ich, alle Formen des Anstands über den Haufen werfend, um Sie und Ihre Hand für den nächsten stolzen, heiteren, halsbrecherisch gewagten Lebenstanz bitten?"

Ende

Mein besonderer Dank geht an L. Ron Hubbard durch dessen Bücher und Vorträge ich weiterhin die Freude am Erschaffen erlebe.

Weitere Bücher von Hartmut Zingel:

Diese Bücher können Sie im Buchhandel, gedruckt oder als E-Book, erhalten, z.B. bei Hugendubel, Bücher.de, Amazon, BoD (books on demand), Ebay, etc.